Wilhelm Genazino

Die Liebe zur Einfalt

Roman

Rowohlt

1. Auflage August 1990

Umschlag- und Einbandgestaltung von Klaus Detjen
Gesetzt aus der Bembo auf Linotronic 500
Gedruckt und gebunden von Clausen & Bosse, Leck
Printed in Germany
ISBN 3 498 02459 0

Die Liebe zur Einfalt

Ich warte darauf, daß aus dem Gewimmel der weißen, rasch sich auflösenden Flocken meine Eltern hervortreten werden. Ich weiß, daß dies nicht geschehen wird, trotzdem halte ich Ausschau nach den vertrauten Gestalten meiner Mutter und meines Vaters. Ein paar Augenblicke lang glaube ich, daß sie sich nur verstekken. Sie haben Spaß daran, mich warten zu lassen, wahrscheinlich beobachten sie mich sogar. Oder sie wissen nicht, daß ich in ihrer Nähe bin und nicht länger darauf warten kann, mich endlich an ihrer friedfertig gewordenen Tapsigkeit zu erfreuen. Und dann, im Schneetreiben, werden wir uns endlich begrüßen und füreinander interessieren können. Eben das haben wir, solange wir zusammen gelebt haben, nicht getan. Vater war ein schweigsamer, vielbeschäftigter Mann und deswegen meist abwesend. Mutter war eine erschreckte und kraftlose Frau, die nicht wußte, wie sie nach ihren Enttäuschungen weiterleben sollte. Zwischen ihnen wuchsen meine Geschwister und ich heran, und ich bin sicher, daß wir alle, die Eltern eingeschlossen, an keinem einzigen Tag das Gefühl hatten, in einer Familie zu leben. Damit werden wir jetzt anfangen können, wenn meine Eltern endlich aus dem Schneegestöber hervortreten. Aber die Stadt ist voller alter Menschen, von denen viele meinen Eltern ähneln. Manchmal denke ich: Da sind sie! Und dann habe ich mich doch wieder geirrt. Mein Blick springt angestrengt hin und her, damit ich zwischen den vielen einander ähnlichen Bildern das einmalige Bild meiner Eltern nicht verfehle. Dabei weiß ich jetzt schon, daß ich vergeblich warte. Das Schneetreiben geht vorüber und meine Eltern sind wieder nicht erschienen. Das alles ist peinigend und vielleicht fast schon ein wenig verwirrt. Denn mein Vater ist schon seit fünfzehn Jahren tot, meine Mutter allerdings erst seit wenigen Wochen. Ich habe fünfzehn Jahre in der unbemerkten Annahme gelebt, ich brauche, solange Mutter am Leben ist, den Tod des Vaters nicht wirklich hinzunehmen. Lernen wir nicht als Kinder, in den Gesichtern von Vater oder Mutter den jeweils abwesenden Elternteil mitzusehen? Ich habe eine Weile sogar geglaubt, der Tod des Vaters habe mich nicht getroffen. Aber jetzt ist Mutter tot, und das bedeutet für mich, daß meine Eltern auf einmal gemeinsam gestorben sind. Die Gewißheit, daß sie nicht nur tot, sondern für alle Zeiten verschwunden sind, versetzt mich selber in ein Todesgefühl, vor dem ich mich zur Zeit nicht recht schützen kann. Es ist, als hätte ich nur gelebt, um eines Tages die Verlassenheit des Vaters und die Verstörtheit der Mutter zu erben. Aus Enttäuschung darüber, daß ich allein im Schnee übriggeblieben bin, möchte ich am liebsten einem beliebigen Passanten einen beliebigen Vorwurf machen. Zu einem Mann, der arglos über den Platz kommt, könnte ich sagen: Sie haben eine derart geschmacklose Jacke an, daß ich Sie bitten muß, diesen Platz ganz schnell zu verlassen. Ich spüre, wie ein verbotener Reiz zu meinen Lippen hindrängt und mich auffordert, den Mann anzuhalten und den Satz zu ihm zu sagen. Aber ich halte mich zurück. Die Fähigkeit, in gefährlichen Augenblicken stumm zu bleiben, bewahrt mich zur Zeit davor, verrückt zu werden. Allerdings muß ich mir Sorgen machen, ob ich zukünftig immer werde schweigen können. Ich fürchte mich vor dem Tag, an dem ich nicht ohne Zwischenfall nach Hause gehen kann. Dann werde ich eine kurze maßlose Rede halten, ich werde schreien und vielleicht ohnmächtig werden, und jeder, der mich in dieser Lage hört oder sieht, wird in mir einen Gestörten erkennen. Dann werde ich plötzlich von hinten an beiden Armen gepackt und weggeführt werden und in einer Anstalt verschwinden. Dort wird man mir eine Menge Fragen stellen, und ich werde immer wieder antworten: Ich verstehe nicht, warum ich mich plötzlich nach den Eltern sehne. Denn obwohl es mich schmerzt, daß sie nicht mehr da sind, bemerke ich, daß ich sie auch jetzt nicht liebe, sondern nur vermisse. Aber das reicht! Ich sehne mich nach ihrem trostlosen Anblick, nach ihren törichten Redensarten, nach ihren unbegreiflichen Verhaltensweisen, sogar nach ihrer kleinen Wohnung. Nein, warten Sie, es ist anders. Aber dann werde ich schon nicht mehr wissen, was ich habe sagen wollen, denn dann habe ich mich bereits wieder in dieses Todesgefühl verstrickt, das ich, wie jetzt wieder, mit albernen, aber wirksamen Unterhaltungen bekämpfen muß. Ich stelle mich vor das Schaufenster eines Zoo-Geschäfts, das für meine Zwecke gut geeignet ist. Denn ich kann durch die Scheibe hindurch eine junge Frau sehen, die auf der linken Hand einen grünen Papagei sitzen hat. Auf der Hand der Verkäuferin sitzt ebenfalls ein Papagei. Die junge

Kundin scheint zu überlegen, welchen der beiden Vögel sie kaufen soll. Die Verkäuferin spricht mit der Frau, und die Tiere verhalten sich ruhig, während über ihren Verkauf verhandelt wird. Die Verkäuferin drückt den Kopf des auf ihrer Hand sitzenden Vogels liebevoll gegen ihr Gesicht und bläst in das Gefieder des Tiers. Aus einem anderen Raum tritt ein junger Mann hinzu. Er ist offenbar der Begleiter der jungen Frau. Sie hält ihm den Vogel hin, und dieser hüpft mit einer leichten Bewegung auf die Hand des Mannes, worüber dieser halb erschrocken, halb belustigt auflacht. Die Frau greift in ihre Handtasche und holt eine Geldbörse heraus. Und während sie zahlt, betrachte ich flüchtig andere Papageien, die ringsum in kleinen Käfigen sitzen. Einige halten sich mit einer Kralle an der Seite, mit der anderen an der Decke der Käfige fest. Es sieht aus, als seien sie gerade dabei, sich in ihren Käfigen aufzuhängen. Wenn sie ihre Körper bewegen, ist aber wieder klar, daß sie am Leben bleiben wollen. Ich bin gespannt, wie das junge Paar den eben gekauften Papagei aus dem Laden hinaustransportieren wird. Aber es geht ganz einfach. Auf einem ausgestreckten Finger sitzend wird der Vogel aus dem Geschäft getragen. Erst jetzt fällt mir auf, daß ich damit gerechnet hatte, der Papagei werde, wenn er erst auf der Straße ist, sofort wegfliegen. Tatsächlich hebt der Vogel die Flügel, und er zeigt keinerlei Verwunderung darüber, daß er keine Flügel mehr hat, sondern nur noch Erinnerungen an Flügel, kleine gefiederte Stummel, die wie Luftklappen auf- und niedergehen und sich dann wieder beruhigen. Jetzt wird das Tier in ein Auto getragen und sitzt der jungen Frau auf dem Schoß. Der

Mann am Steuer lacht, die Frau ist vergnügt. Ein Auto voller Glück fährt aus einer Parklücke heraus. Erleichtert spüre ich, daß sich mein Todesgefühl verflüchtigt hat.

An jeder zweiten Ecke wurden von Menschen, die niemand kannte, die nichts waren und nichts hatten, Obst & Gemüseläden, Lotto-Annahmestellen, Leihbüchereien, Textilgeschäfte, Kartoffelgroßhandlungen und Süßwarenläden eröffnet. Ich war zwölf Jahre alt und riet meinem Vater, er solle einen Waschsalon aufmachen. Vater hat auf meinen Vorschlag nicht reagiert. Ich schätzte sein Schweigen als frühes Zeichen seiner verborgenen Größe ein. Vielleicht glaubte ich auch, daß ich Vater erziehen könne. Denn ich verstand nicht ohne weiteres, warum er nicht teilnahm am allgemeinen Aufstieg. Auf dem Marktplatz in der Innenstadt war dieser Aufstieg für jedermann sichtbar. Ich erinnere mich an flott daherredende Männer, die dunkelgrüne Ledermäntel trugen und hinter Tapetentischen standen; sie verkauften Hosenträger, Rasierklingen oder Knöpfe. Nach ein oder zwei Jahren besaßen dieselben Männer kleine Bretterbuden und verkauften Krawatten, Strümpfe und Unterhosen. Und nach weiteren zwei Jahren bauten sie sich in der Umgebung des Marktplatzes einstöckige Geschäftshäuser mit Flachdächern und Neonschriften über den Schaufenstern, in denen Blusen, Pullover und Hüte auslagen. In unserer Nachbarschaft wohnte ein Mann, der über Nacht Möbelhändler wurde. Eines Tages hörte er auf, in der Küche herumzusitzen. Er kaufte sich einen Borgward und einen Anhänger, auf dem er kleine Schuhschränkchen, Rauchtische und Polstermöbel ausfuhr. Niemand wußte, woher er die Möbel hatte. Weil ihm das Leben so gut gelang, wurde er bei uns zu Hause ein wenig verachtet. Von allen Hausbewohnern besaß er als erster einen Fernsehapparat, und wir, meine Geschwister und ich, durften an manchem Abend in seinem Wohnzimmer sitzen und einen Spielfilm anschauen. Der Mann war robust und unfreundlich, er rauchte Zigarren und stauchte die Frau zusammen, die mit ihm lebte. Vater hielt ihn und die anderen, die ringsum schnell zu Geld kamen, für Glücksritter, die nichts im Kopf hatten und denen es deswegen auch gleichgültig war, womit sie ihr Geld verdienten. Das war Vater nicht gleichgültig. Er hatte viel im Kopf. Er glaubte, ein bedeutender Mann zu sein. Die Vorstellung, in einem Auto zu sitzen und Kleinmöbel auszuliefern, war für ihn lächerlich. Aber Vater lachte auch nicht. Er war bedeutend und schwieg. Er mißtraute Personen, die viel redeten und mit ihrem Gerede auch noch Geld verdienten. Ich muß verbessern: Er mißtraute allen, die überhaupt reden konnten. Er war ein Grübler und Tüftler, ein Einzelgänger, der mit sich selbst mehr redete als mit jedem anderen Menschen. Er war als Konstrukteur bei einer großen Baufirma angestellt; aber abends, nach Feierabend, und an den Wochenenden saß er im Wohnzimmer über *seinen* Plänen und dachte sich eine Erfindung aus, eine Maschine, *seine* Maschine. Was das für eine Maschine war, konnten seine Frau und wir, die Kinder, weder beurteilen noch begreifen. Auch später, als er zu zeichnen aufgehört hatte und die Maschine tatsächlich zu bauen begann, verstanden wir nicht, was er machte. Er blieb an den Wochenenden in der Werkstatt und stellte die Teile her, die er für den Zusammenbau seiner Maschine benötigte. Ich war in diesen Jahren sein Helfer. Ich fuhr samstags und sonntags mit dem Fahrrad in die Firma und brachte ihm das von Mutter gekochte Mittagessen. Ich erinnere mich, daß er sich freute, mich auf das Werksgelände fahren zu sehen. Auch ich freute mich, als ich sah, daß er mit Begeisterung an seiner Maschine arbeitete. Das Werksgelände war ein Gebiet von der Größe zweier Fußballplätze; es war eingesäumt von halboffenen Schuppen, in denen Baumaterialien, Eisenträger und Maschinen lagerten. In der Nähe des Haupteingangs stand die eingeschossige Werkstatt, in der Vater das Wochenende verbrachte. Obwohl ich ihn immer nur in seinem ölverschmierten Arbeitsanzug sah, empfand ich ihn in dieser Zeit als verheißungsvoll. In der Mittagsstunde war er so, wie ich ihn haben wollte: großartig, zuversichtlich, ernsthaft. Dann glaubte ich ihm, daß er an einer zukunftsweisenden Erfindung arbeitete, die unserer Familie bald zu einem neuen Leben verhelfen würde. Ich bemerkte, daß es ihm Spaß machte, mir Arbeitsmaschinen und Spezialwerkzeuge vorzuführen. Aus einem Eßgeschirr, das aus der Kriegszeit stammte, löffelte er das Mittagessen. Hinterher zeigte er mir, wie eine Drehbank oder eine Fräsmaschine funktionierte. Am Ende der Mittagsstunde drehte er mit mir in einem Vorkriegs-LKW eine Runde auf dem Werksgelände. Während der Fahrt ließ er mich das stark vibrierende Lenkrad halten. Das Vibrieren hielt ich für das vibrierende Leben schlechthin, zu dem Vater offenkundig einen ausgezeichneten Zugang hatte. Und ich verstand, daß es aussichtsreich sein konnte, sich in Motoren und Maschinen hineinzudenken. Nach einer Stunde hängte ich das Eßgeschirr an die Lenkstange meines Fahrrads und fuhr nach Hause. Der Weg war lang und unangenehm. Das Werksgelände lag am äußersten Rand von Ludwigshafen; wir wohnten am entgegengesetzten Ende der Nachbarstadt Mannheim, das heißt, ich mußte ganz Ludwigshafen und Mannheim durchqueren, bis ich endlich in der Vorstadt angekommen war, in der unsere kleine Zwei-Zimmer-Wohnung lag. Während der Fahrt habe ich mir den Aufstieg unserer Familie vorgestellt, unsere zwar verspätete, dann aber um so wirkungsvollere Teilnahme am ringsum sich mehrenden Wohlstand. Als ich unsere Wohnung betrat, herrschte Totenstille. Mein Bruder war nicht da. Er hatte die Leblosigkeit der Wohnung nicht ausgehalten und war ins Kino gegangen, das damals noch Lichtspieltheater hieß. Ich wollte am liebsten auch ins Kino, aber ich hatte kein Geld. Aber selbst wenn ich Geld gehabt hätte, hätte ich mich nicht getraut, die Wohnung wieder zu verlassen. Ich wußte, im Schlafzimmer lag Mutter im Bett und war mit ihren Problemen allein. Ich war zwölf oder dreizehn Jahre alt und konnte ihr nicht helfen. Ich bemühte mich, in der Wohnung keinen Lärm zu machen. Ich glaubte, das Leiden sei dadurch schon ein wenig milder, wenn Mutter noch jemanden in der Wohnung wüßte. Von Zeit zu Zeit drückte ich leise die Klinke der Schlafzimmertür nieder und sah auf das Bett. Aber ich sah so gut wie nichts. Mutter hatte den Rolladen heruntergelassen. Ich schloß die Tür und setzte mich im

Wohnzimmer auf die Couch. Manchmal, nach ein oder zwei Stunden, kam Mutter aus dem Schlafzimmer und ging auf die Toilette. Ich beeilte mich, sie dabei zu sehen. Aber sie beeilte sich auch, nicht gesehen zu werden. Tatsächlich kam ich meistens zu spät. Ich hörte nur, wie die Toilettentür geschlossen wurde. Weil ich mich schämte, vor der Toilette auf sie zu warten, ging ich wieder ins Wohnzimmer und ließ Mutter nach einiger Zeit ungesehen ins Schlafzimmer entkommen. Wir wohnten in einer kleinen Wohnung, aber oft war es mir nicht möglich, Mutter darin anzutreffen. Natürlich glaubte ich, daß sie *mich* nicht sehen wollte. Ob sie wirklich schlief oder nur im Bett lag, konnte ich nicht feststellen. Daß ihr Mann einige Kilometer von ihr entfernt an einer neuen Erfindung arbeitete, beflügelte sie nicht. Erst am Abend, wenn Vater aus der Werkstatt nach Hause kam, verließ sie das Bett und richtete das Abendbrot. Dann waren auch mein Bruder und meine Schwester wieder da, und es entstand für kurze Zeit der Schatten eines Familienlebens. Endlich war Gelegenheit, die Mutter anschauen zu können. Sie saß im Nachthemd am Tisch und schwieg. Sie hatte sich ein kleines Stück Brot auf den Teller gelegt, das sie mit absichtsvoller Langsamkeit aufaß. Es war klar, daß sie, obwohl sie nichts sagte, unser aller Richterin war. Ich saß dabei, beobachtete sie und meinen Vater und fragte mich, was unser Vergehen war. Vater war gereizt, aber er beherrschte sich. Nach ungefähr zehn Minuten erhob sich Mutter und verschwand wieder im Schlafzimmer. Vater las noch ein wenig in der Zeitung und ging dann ebenfalls zu Bett. Meine Geschwister und ich versuchten, über das Leben der Eltern zu sprechen. Ich weiß nicht mehr, welche Meinungen wir damals hatten; ich weiß bis heute nicht genau, was der Grund für die Lähmung von Mutter war. Vielleicht wußte sie es selber nicht. Auch später, als ich ihr Vertrauter wurde, nannte sie keine einzelnen Begründungen. Deswegen nehme ich an, daß sie an einer elementaren Enttäuschung litt, einer Enttäuschung über alles, was im wirklichen Leben geschah. Man kann diese Enttäuschung ein über das ganze Leben gestreutes Entsetzen nennen, das sich jeden Tag von selbst erneuerte und deswegen auf die Festlegung einzelner Ursachen verzichten konnte. Das Entsetzen begann kurz nach ihrer Heirat. Damals verreiste sie zum erstenmal mit ihrem Mann. Vater hatte in Bayern Arbeit als Monteur gefunden. Für ein paar Wintermonate waren sie in einem einsamen, ländlichen Gasthof abgestiegen. Auf den weiten Wiesen und Hügeln lag hoher Schnee. Fast jeden Tag sah Mutter weit draußen vor ihrem Fenster einen prächtigen Schlitten vorüberfahren, der von einem starken Pferd gezogen wurde. Außer dem Kutscher saßen meist zwei weitere Personen auf dem Schlitten, die offenkundig eine Vergnügungsfahrt machten. Mit der Zeit wuchs in Mutter der Wunsch, auch einmal auf diesem wunderbaren Pferdeschlitten durch den Schnee fahren zu dürfen. Sie teilte ihrem Mann den Wunsch mit, und es dauerte nicht lang, dann hatte Vater eine gemeinsame Schlittenfahrt arrangiert. Eines Morgens, in der Nacht war wieder Schnee gefallen, fuhr der Kutscher vor dem Gasthof vor, in dem meine jungen Eltern wohnten. Die beiden Männer nahmen Mutter in die Mitte, und kaum hatten sie richtig Platz genommen, da knallte der Kutscher mit der Peitsche, und das Pferd setzte sich in Bewegung. Und kaum hatte das Tier den Takt seines Laufs gefunden, da begann es, laute Winde von sich zu geben. Mutter entsetzte sich und machte den Fehler, den beiden Männern ihre Gefühle mitzuteilen. Der Kutscher klärte sie auf, daß das Pferd die Nacht über im Stall gestanden hätte und sich deswegen mit einer gewissen körperlichen Notwendigkeit erleichtern müßte. Aber weil die junge Frau ihre Schamhaftigkeit nicht ablegen konnte, im Gegenteil, sie deren Ausdruck noch steigerte, indem sie sich den Arm schützend vor das Gesicht hielt, weil ihr das Hinterteil des Pferdes durchaus zu nahe war, ahmten die beiden Männer die Geräusche des Pferdes ihrerseits nach und schauten dabei verstohlen in das überrote Gesicht der jungen Frau, um danach und immer wieder in ein eigentümliches, schwer zu bestimmendes Männerlachen auszubrechen. Die junge Frau vergaß ganz schnell, daß sie es gewesen war, die sich diese Schlittenfahrt gewünscht hatte, und hoffte bloß noch, recht bald an irgendeinem Ziel einzutreffen, damit sie den drei Quellen ihrer Scham endlich entkommen konnte.

Im Schaufenster einer Buchhandlung sehe ich ein neues Buch von Marguerite Duras: EDEN CINEMA. Seit Jahren kaufe ich Bücher dieser Autorin, manchmal lese ich sie, manchmal nicht, manchmal schreibe ich etwas über sie, manchmal nicht. Dabei rechne ich nicht mehr damit, von einem ihrer Bücher noch überrascht zu werden. Entweder schreibt Marguerite Duras über die

Tragödie ihrer Mutter oder über die Tragödie ihrer Liebe oder über beide Tragödien zugleich. Seit ihrem ersten Roman, der HEISSE KÜSTE hieß und 1952 auf deutsch erschien, kenne ich die immer wieder erzählte Familiengeschichte der Autorin. Ich kenne ihre beiden Brüder, den älteren, der ein Versager war, und den jüngeren, den sie liebte und der früh starb. Vor allem kenne ich ihre Mutter, die die Autorin in ihrem späten Roman DER LIEBHABER eine «Verrückte» und eine «Wahnsinnige» nennt. Sie, die Mutter, hat sich in Indochina von korrupten Beamten unbebaubares, salziges Sumpfland verkaufen lassen. Zu spät hat sie bemerkt, daß die Flut dieses Land Jahr für Jahr überschwemmte und ihre Ernte wieder und wieder vernichtete. Die Mutter hatte die Ersparnisse vieler Jahre für diesen Acker hingegeben, und was sie sich dafür eingehandelt hatte, war ein verrücktes, scheiterndes Leben, das sich mehr und mehr einem Wahnsinn hinneigte, vor dem sich Marguerite Duras nur durch ihre Flucht nach Paris hatte retten können. Die Rechtzeitigkeit dieser Flucht ist das eigentlich Großartige, das ich am Leben von Marguerite Duras immer wieder bewundere. Es hat mich nie erstaunt, daß die Autorin das Trauma ihrer Kindheit so oft erzählt hat, und ich habe mich nie darüber gewundert, daß ich diese Geschichte so oft habe lesen wollen. Auch jetzt kommt es mir nicht rätselhaft vor, daß ich Lust habe, EDEN CINEMA zu kaufen, obwohl ich ahne, daß darin erneut und abermals die Familientragödie der Autorin ausgebreitet sein wird. Ich gehe in den Laden und kaufe das Buch. Wenig später schlage ich es auf der Straße an einer beliebigen Stelle auf und lese den Satz: «Sie *muß* wirklich verrückt sein.» Es ist sofort klar, daß mit diesem Satz nur die Mutter gemeint sein kann. Ich schlage das Buch an einer anderen, ebenso beliebigen Stelle auf und lese den Satz: «Gemeinsam würden wir die Mutter verlassen.» Und plötzlich, nach *diesem* Satz, weiß ich, warum ich seit vielen Jahren die Bücher dieser Autorin lese, ich weiß in diesem Augenblick, daß sie für mich eine Hilfe waren, die Fremdheit der eigenen Eltern zu verstehen und in diesem Verstehen auch zu ertragen. Denn es ist nicht schlimm, ein Leben lang etwas Hoffnungsloses oder Wahnsinniges zu tun; schlimm ist nur, die Verrücktheit von anderen über Jahre hin beobachten zu müssen und eines Tages nicht mehr ausschließen zu können, durch die Beobachtung selbst den Weg der Verrücktheit zu gehen. Ich schlage EDEN CINEMA zu und bin plötzlich überzeugt, überall, in jedem Haus, in jeder Wohnung, an jeder Straßenecke, in jedem Geschäft erstickt gerade ein Teil des Lebens an der Verrücktheit einzelner Personen; und es gibt andere Personen, die vor dieser Verrücktheit fliehen, und es sind diese Fliehenden, die die Welt immer gerade im letzten Augenblick vor dem Delirium des Wahnsinns retten. Ich bin dicht davor, einen beliebigen Fremden anzusprechen und ihn zu fragen, ob wir nicht ein wenig über die überall lauernde Verrücktheit sprechen wollen. Ich schaue einzelnen Passanten in die Gesichter und frage mich, ob sie eine solche Frage aushalten könnten. Natürlich spreche ich niemanden an, es ist das Todesgefühl, das mich in solche törichten Absichten hineindrängt und mich zugleich vor ihnen warnt. Ich fasse das schmale Buch EDEN CINEMA ein wenig fester an, weil ich froh bin, daß es dieses Buch gibt. Ich stelle mich an den Rand der Straße und lese die Aufschriften und Namen auf den vorüberfahrenden Lastkraftwagen. Ich lese ELEKTROTECHNIK MÜLLER & SOHN, ich lese flüchtig und schnell OBERHESSISCHE METALLWARENFABRIK SCHINDLER & CO. Eine Weile geht das so weiter, wie ein auf nichts und zugleich auf alles wartendes Kind stehe ich am Straßenrand und lese Namen und kurze Firmenbezeichnungen, bis ich auf einen bestimmten Namen stoße, der mein Inneres sofort aufhellt: GEBÄUDEREINIGUNG LUDWIG FATSCHER. Mein in diesen Augenblicken kindisches Gemüt beginnt auf der Stelle, mit dem Namen herumzuspielen. Ich stelle mir vor, daß Ludwig Fatscher nur deswegen Gebäudereiniger geworden ist, weil er gar kein Fatscher, sondern ein Flatscher und Patscher ist, der den ganzen Tag mit Eimern voll Wasser flatschern und patschern wollte und eben deswegen Gebäudereiniger geworden ist. Schon ist das Todesgefühl erheblich schwächer geworden! Aus Dankbarkeit kaufe ich in einer nahen Bäckerei ein gefülltes Hörnchen und betrete wenig später ein modernes nervöses Café. Ich bestelle eine Tasse Kaffee und packe das in der Bäckerei gekaufte Hörnchen aus und lege es, mit der leeren Tüte als Unterlage, auf den Tisch. Von der Decke stürzt viel Licht herab und bricht sich in Spiegeln, Buffets und blinkenden Stahlmöbeln. Aus großen schwarzen Boxen strömt weiche und schnelle Musik in den hohen Raum. Unter dem Einfluß der Musik vergißt das junge Bedienungspersonal, daß es Bedienungspersonal ist. Die kindlich aussehenden Kellnerinnen und Kellner benehmen sich wie Figuren in einem Film, der gleich gedreht werden wird. Das

Personal zeigt, daß es sich gut kennt. Die jungen Männer und Frauen rufen sich spaßige Halbsätze zu, sie berühren sich, wenn sie aneinander vorbeigehen, sie küssen sich flüchtig auf Arme und Schultern, wenn sie am Buffet aufeinandertreffen. Die Gäste sind die, die die Dreharbeiten stören. Eine Bedienung mit grünblauen Haaren und schwarzen Fingernägeln bringt mir den Kaffee. Am Tisch neben mir sitzen zwei Frauen. Die eine trägt einen kleinen Hund unter ihrer Wollweste. Nur der Kopf des Tieres schaut heraus. Die Frau hält mit der Hand den Hals des Tieres umklammert. Wenn der Hund seinen Kopf ein wenig zu weit herausstreckt, erscheint die Hand der Frau und drückt das Tier in die Wollweste zurück. Manchmal ist die Zunge des Hundes zu sehen, die die Frau Züngelchen nennt. Die Hundebesitzerin beklagt sich über die Kälte des Kuchens, den sie ißt. Eine solche Klage habe ich noch nie gehört. Um sie besser zu verstehen, betrachte ich das Gesicht der Frau. Und da bemerke ich, daß ich unterdessen selbst Anlaß zu einer Klage gegeben habe. Eine junge Frau tritt geschäftsmäßig aus dem Hintergrund des Cafés hervor und kommt an meinen Tisch. Sie schaut auf mein Hörnchen und sagt, daß es nicht erlaubt sei, mitgebrachte Backwaren hier zu verzehren. Die Frau ist viel zu jung, um schon Verbote auszusprechen. Auch ich bin noch zu jung für eine solche Ermahnung. Aber jetzt ist sie ausgesprochen, und ich folge ihr. Die junge Frau bleibt so lange an meinem Tisch, bis ich das Hörnchen in der Tüte verpackt habe. Ich ziehe den Vorgang absichtlich in die Länge, denn ich habe inzwischen Spaß an der Beobachtung der verbietenden Frau gefunden. Es ist phantastisch, dabei zuzusehen, wie sich eine modische junge Frau in eine verrückte alte Aufpasserin verwandelt. Jetzt geht sie zum Buffet zurück und verschwindet in einem Hinterzimmer. Ein magerer, schwarzgekleideter Kellner schaut besorgt zu mir her. Ich nehme an, daß er meine Zurechtweisung beobachtet hat und ihm meine Anwesenheit vielleicht ein wenig Unbehagen bereitet. Um ihm das schlechte Gefühl zu nehmen, winke ich ihn an meinen Tisch heran und frage ihn nach dem Namen der Gruppe, deren Musik gerade gespielt wird. Augenblicklich hellt sich das Gesicht des Kellners auf, ich merke, daß ich durch diese Frage wieder eindeutig jung geworden bin. Der Kellner setzt sich an meinen Tisch, reißt von seinem Rechnungsblock ein Blatt herunter und schreibt mit Druckbuchstaben den Namen der Gruppe darauf. Die Gruppe beziehungsweise der Einzelspieler heißt KITARO, und die Nummer, die gerade läuft, heißt SILK ROAD. Das Beste, was es von ihm gibt, sagt der Kellner. Ich danke und nicke erlöst. Der Kellner lächelt fein.

Sehr früh morgens verlassen alte Frauen gerne ihre Wohnungen. Es ist unklar, was sie um diese Zeit schon auf der Straße wollen. Es ist erst sechs Uhr. Die Frauen tragen Kittelschürzen oder Hausjacken, sie stehen auf der untersten Treppenstufe des Eingangs und schauen eine Weile nach links und nach rechts. Ihre großen Augen werden hinter den alten Brillengläsern noch größer und älter. Es sieht aus, als wüßten die Frauen nicht genau, ob die letzte Nacht wirklich vorüber ist und ob endlich wieder der Tag mit seinen ganz anderen Gedanken einsetzt. Es ist der erschrockene Blick der Frauen, der enthüllt, daß die Wohnungen keinen Schutz bieten gegen die Tätigkeiten der Einbildung und der Furcht. Nach einer Weile schiebt sich das hellere Blau des Tagesanbruchs über die Dächer. Erst jetzt ist ohne Rest klar, daß der nächste Tag wirklich begonnen hat. Die Frauen drehen sich um und gehen in ihre Wohnungen zurück.

Am Abend hielt Mutter gern ein Ei in der Hand.

Einen Gemüsehändler, der mir zuviel Wechselgeld zurückgibt, mache ich nicht auf sein Versehen aufmerksam. Ich komme mir so beraubt vor, daß mir das zuviel herausgegebene Geld wie eine mir zustehende Entschädigung erscheint. Ja, ich muß mich beherrschen, mich nicht auch noch bei dem Gemüsehändler zu beschweren: So wenig Geld wollen Sie mir für meine verschwundenen Eltern geben! Schämen Sie sich!

Mit zwölf wartete ich darauf, daß unser Name bald in aller Munde sei. Immer öfter trafen Briefe vom Deutschen Patentamt in München bei uns ein, fast immer per Einschreiben und mit dem Vermerk: GEBÜHRENPFLICHTIGE DIENSTSACHE. Das bedeutete lediglich, daß wir das Porto der eintreffenden Briefe selbst zu bezahlen hatten. Trotzdem klang GEBÜHRENPFLICHTIGE DIENSTSACHE bedeutsam und geschäftsmäßig. Ich kannte niemanden, dem das Patentamt Briefe schrieb, ich kannte noch nicht einmal jemanden, der wußte, was das Patentamt war. Vater beantwortete die Briefe am Abend, und ich brachte sie am nächsten Tag zur Post. PER EINSCHREIBEN. Ich fühlte mich als Vaters Helfer, der einzige, den er in der Familie hatte. Meine größere Schwester arbeitete schon in einer Holzfirma, mein kleinerer Bruder war noch zu jung für alles. Und weil Vater gesehen hatte, daß ich gern malte und zeichnete, machte er mich eines Tages zu seinem Kompagnon. Er beauftragte mich, ein Signet für die kommende Maschinenfabrik Genazino zu entwerfen. Er wußte ungefähr, wie das Signet aussehen sollte. Es war ein großes G, in dessen Querbalken die Druckbuchstaben GEMA eingezeichnet werden mußten. Ich sollte nur die Reinzeichnung herstellen. GEMA hieß GEnazino MAnnheim. Die Abkürzung GEMA beeindruckte mich genauso stark wie Vaters ganze Arbeit. GEMA klang wie DEMAG, MANNESMANN oder PREUSSAG, es klang, als hätte es die GEMA schon immer gegeben, genau wie die anderen großen Konzerne. Auf zahllosen Blättern zeichnete ich immer wieder ein großes G und malte in den Querbalken die Buchstabenfolge GEMA ein, bis ich einen Entwurf hatte, mit dem Vater zufrieden war.

Bald übernahm ich auch Vaters Korrespondenz und

andere Büroarbeiten. Es gelang mir, eine gebrauchte Schreibmaschine zu beschaffen. Beim Briefeschreiben kamen mir die ersten Zweifel an Vaters Großartigkeit. Das Wort Aktentasche schrieb er einmal mit k, einmal mit ck. Das Wort Kundenkredit schrieb er in der Mitte einmal mit k, dann wieder mit g, das Wort Weihnachtsgratifikation einmal mit f, dann wieder mit v. Ihn schienen diese Unsicherheiten nicht zu beunruhigen. Es war nicht einmal klar, ob er wußte, daß er Fehler machte. Aber weil ich ihn bewunderte, sah ich in der Art, wie er seine Lücken nicht ernst nahm, dann doch ein Zeichen besonderer Lebensgewandtheit. Unangenehmer war, daß er mich anfangs zwingen wollte, seine Fehler zu übernehmen. Es war seine Eigenart, nahezu randlose Briefe zu tippen. Jeder, der ein derartig ungeschickt beschriebenes Blatt erhielt, mußte denken: Der Absender hat zum erstenmal in seinem Leben einen Brief geschrieben. So ähnlich war es ja auch. Ich riet Vater, er solle sich Briefpapier drucken lassen. Das lehnte er ab, weil er gedrucktes Briefpapier für eine unnötige Investition hielt. Vor dem Geldausgeben hatte er große Angst. Selbst von kleinen Beträgen konnte er sich kaum trennen. Ich mußte ihn in langen Diskussionen davon überzeugen, daß ein Brief besser aussah, wenn er einen mindestens zwei Finger breiten Rand hatte. Immerhin gab er bald zu, daß die von mir getippten Briefe besser aussahen als seine. Wir lachten miteinander, weil es uns gelungen war, die Maschinenfabrik Genazino Mannheim zwei Finger breit wirklicher gemacht zu haben. In unserem Lachen steckte die Freude darüber, daß mindestens wir beide in dieser Familie etwas Sinnvolles zustande brachten. Mir fiel es leicht, ihm seine Schwächen nachzusehen. Vater war für mich ein Mann der Technik, der es sich erlauben durfte, mit Wort und Schrift und Brief nicht fertig zu werden. In dieser Nachsicht erkenne ich heute, daß ich damals verzeihend denken konnte und daß ich ihn zu dieser Zeit geliebt habe. Die Süße, die in seinem Aufbruch lag, beflügelte mich so sehr, daß ich begonnen hatte, ein märchenhaft gutes Leben für unsere Familie herbeizureden. Ich erzählte den Müttern meiner Schulfreunde, daß in unserer Wohnung sackweise Mehl, Zucker und Kaffee herumstehen und daß sie nur bei uns vorbeikommen sollten, wenn sie etwas brauchten. Die Mütter berichteten meiner Mutter von meinen Aufschneidereien; sie war verlegen, aber auch amüsiert. Ich schloß daraus, daß sie unseren baldigen Reichtum ebenfalls für wahrscheinlich hielt.

Vorerst waren wir noch arme Leute. Wenn sich das Monatsende näherte, breitete sich Schweigen und Bedrückung aus. Das Gehalt des Vaters reichte nicht. In den letzten Tagen des Monats kochte Mutter eine Art Mehlsauce, in die wir Brotbrocken hineintunkten. Wenn der schwarze Eisentopf mit der braunen Sauce auf den Tisch kam, dann wußten wir, daß unsere Familie wieder einmal am Abgrund entlang lebte. Eine größere Anschaffung, ein Mantel für Mutter oder ein paar Sandalen für meinen Bruder, löste tagelange Überlegungen aus. Am Ende dieser Debatten stand die Notwendigkeit, daß Vater und Mutter einen kleinen Kredit aufnehmen mußten. Unsere Nachbarn kauften sich komplette Wohnzimmer, Autos, Campingausrüstungen und Fernsehapparate, und sie begannen, im Sommer in Urlaub zu fahren. Wir aber blieben zu Hause und warteten auf den großen Durchbruch des Vaters. Am Sonntagnachmittag schickte Mutter meinen Bruder und mich zu ihrer Schwester, zu unserer Tante Emilie, die wenigstens ein Radio besaß. Wir saßen auf der Couch von Tante Emilie und hörten einer Unterhaltungssendung zu, die der Süddeutsche Rundfunk ausstrahlte. Tante Emilie war unverheiratet geblieben; sie stellte uns einen Teller mit Gebäck hin und lachte über die harmlosen Witze, die die süddeutschen Komiker Häberle und Pfleiderer im Radio machten. Wenn ihr auffiel, daß mein Bruder und ich nicht lachten, sondern still dasaßen und an unseren Knien kratzten, kam sie auf uns zu, strich uns über die Haare und sagte: Ihr könnt nichts dazu. Ich überlegte, was es denn sei, wozu wir nichts konnten, aber ich kam nicht weit. Mir war schon aufgefallen, daß Tante Emilie uns nur besuchte, wenn Vater nicht zu Hause war. Bevor er von der Arbeit zurückkehrte, nahm sie ihre Sachen und verschwand. Tante Emilie bedauerte ihre Schwester, unsere Mutter, nur deswegen, weil sie verheiratet war. Auch eine andere unverheiratete Schwester von Mutter, Tante Gretel, bemitleidete uns. Wenn Mutters Schwestern uns besuchten, setzte sich die Ansicht durch, daß Vater ein Fehlgriff war. Und Mutter verhielt sich so, als stimmte sie ihren Schwestern zu. Allerdings machte sich Mutter später auch über ihre Schwestern lustig. Kaum waren die beiden aus der Wohnung, wurden sie von Mutter *alte Schachteln* genannt, die vom Leben keine Ahnung hätten. Auf den Gedanken, daß Mutter selbst nicht wußte, was sie von ihrer Ehe halten und was sie überhaupt denken sollte, bin ich damals nicht gekommen. Von allen Auseinandersetzungen blieb nur übrig, daß Vater zuwenig Geld nach Hause brachte. Vater saß in einer Falle und wußte es nicht. Er lebte noch ganz und gar in den Auffassungen seiner eigenen Eltern. Danach war es allein die Aufgabe des Mannes, für die Ernährung der Familie zu sorgen. Er stellte sich die Aufgabe schematisch lösbar vor, das heißt, er glaubte, wenn er regelmäßig arbeitete und das von ihm verdiente Geld ohne Rest zu Hause ablieferte, sei der Erfolg der Regelung schon sichergestellt. Die Möglichkeit, daß das Geld nicht ausreichte, war in seinem Denken nicht vorgesehen. Stellte sich aber dennoch heraus, daß nicht genügend Geld vorhanden war, dann war es die Aufgabe der Familie, sich allmählich wie eine arme Familie zu verhalten. Denn Armut war in der Kindheit des Vaters weder selten noch eine Schande. In unserer Lage war die Erhöhung des Familieneinkommens nur durch die Mitarbeit der Ehefrau möglich. Und unsere Lage war *neu*, jedenfalls für den Vater: Nach dem Zweiten Weltkrieg rückte der private Konsum in das Zentrum des Lebens. Vater hatte nicht bemerkt, daß es jetzt nicht mehr ehrverletzend für einen verheirateten Mann war, wenn die Ehefrau ebenfalls arbeitete, um das Ziel eines möglichst großzügigen Konsums zu erreichen. Ehrverletzend war jetzt das Gegenteil: nicht genug Geld zum Ausgeben zu haben. Wie *vor* dem Weltkrieg fürchtete Vater, als Versager zu gelten, wenn offenbar würde, daß das von ihm nach Hause gebrachte Geld nicht genügte. Es hätte jemand auftreten müssen, der Menschen wie meinem Vater vertrauensvoll hätte erklären können, daß es außer der Unterscheidung zwischen *arm* und *reich* auch noch die Unterscheidung zwischen *vorher* und *nachher* gibt, die

Differenz der Zeit und der Geschichte, die für die Menschen viel unheimlichere, weil unsichtbare Belehrungen bereithält. Und es war Vater nicht möglich, verständig zu seiner Frau zu sagen: Ich fürchte den Hohn der Nachbarn, wenn du arbeiten gehst. Und Mutter war es nicht möglich, ihm ebenso verständig zu antworten: Ich verstehe, daß dein Stolz verletzt ist, aber für diesen Stolz gibt es jetzt keinen Anlaß mehr. Und es war ihnen beiden nicht möglich, nach einer solchen Klärung ihre Verhältnisse neu zu ordnen. Vater verbot Mutter kurzerhand, eine Arbeit anzunehmen. Er verwies auf sein eigenes entbehrungsreiches Leben, das heißt er verlangte unausgesprochen, daß wir uns an die Armut gewöhnen sollten; jedenfalls so lange, bis uns der Ertrag seiner Arbeit ein anderes Leben ermöglichte.

Mutter nahm das Verbot hin und suchte sich heimlich eine Arbeit. Sie nahm eine Beschäftigung an, die zum Bild der neuen Zeit paßte: Sie wurde Werbedame. Sie ging von Haus zu Haus, von Wohnung zu Wohnung, sie klingelte an fremden Türen und interessierte Hausfrauen für neue Nähmaschinen. Wenn sie das Gefühl hatte, daß jemand kaufen wollte, gab sie die Adresse an einen Vertreter weiter, der nach ein paar Tagen erneut an der Tür der Frau klingelte und versuchte, aus ihr eine neue Kundin zu machen. Für jeden erfolgreichen Abschluß erhielt Mutter eine anständige Provision. Es zeigte sich, daß sie eine gute Werbedame war. Noch Jahre später, als Mutter Eier und Honig verkaufte und Versicherungsbeiträge kassierte, erhielt sie Provisionen aus Nähmaschinenverkäufen. Plötzlich machte es keine Schwierigkeiten mehr, ein Hemd oder ein Paar Schuhe anzuschaffen. Erstaunlich war, daß sich Vater über die Verbesserung der Verhältnisse nicht wunderte. Ich glaube, er nahm einfach an, daß seine Frau nun endlich besser haushalten konnte als früher. Daß Mutter täglich zwei oder drei Stunden arbeitete, blieb ihm verborgen; nachmittags, wenn sie zurückkehrte, gab es bei uns neuerdings Kaffee mit Kuchen und Schlagsahne. Mutters Schwestern erschienen und erzählten ihre Liebesgeschichten, die sich vor mehr als dreißig Jahren zugetragen hatten. Momentweise flakkerte das Vermißte auf: das Familienleben; das ruhige Beisammensein; das Wohlwollen füreinander; das Erzählen. Aber bis zum frühen Abend, wenn Vater von der Arbeit nach Hause zurückkehrte, mußten der Kuchen gegessen, das Geschirr gespült, die Schwestern verschwunden und ihre Geschichten vergessen sein. Vater durfte auf keinen Fall bemerken, daß es bei uns nachmittägliche Kaffeerunden gab. Mich erstaunte und verletzte die Heimlichkeit, obwohl mir deren Ertrag auch gefiel. Aber ich war ein Kind, und ich wollte nicht, daß es so wichtige Geheimnisse geben sollte. Schon gar nicht wollte ich, daß der schwer arbeitende Vater vom Kaffeetrinken und Schlagsahneessen ausgeschlossen war. Aber ich mußte einsehen, daß er in einer Falle saß: Er allein verlangte, daß wir wie arme Leute lebten.

Über die letzten Sätze des vorigen Abschnitts habe ich plötzlich lachen müssen. «Vater durfte auf keinen Fall bemerken, daß es bei uns nachmittägliche Kaffeerunden gab.» Die Wahrscheinlichkeit, daß wir ein schönes und menschliches Familienleben hätten haben können, wenn es Mutter erlaubt gewesen wäre, ohne Theater und Versteckspiel zu arbeiten, ruft ein Gefühl peinlicher und scharfer Lächerlichkeit hervor. Dabei spüre ich, daß ich nur aus Beschämung lache. Die Scham ist so stark, daß ich sie durch ein ebenso übertriebenes Lachen unwirklich machen muß. Aber nicht einmal durch das Lachen läßt sich die Scham bändigen. Sie greift so tief in mich hinein, daß ich am liebsten auf Zehenspitzen aus der Welt verschwinden möchte. Ich stelle mich eine Weile an das Fenster und schaue auf die Straße hinunter. Ich halte mich am Fensterkreuz fest, dann bin ich dem Doppelauftritt von Scham und Gelächter besser gewachsen. Das eine stört das andere und doch verschwindet keines von beiden. Das Ineinandergehen von zwei verschiedenen Regungen, die nichts miteinander zu tun haben, läßt einen leichten Anflug von Irresein entstehen. Oder ist es das Todesgefühl? Auf der Straße steht ein alter Kühlschrank. Ich habe ihn bis jetzt nicht gesehen, er muß in der Nacht hier abgestellt worden sein. Ein paar Halbwüchsige kommen vorüber und treten nach dem Kühlschrank. Zwei Kinder öffnen die Tür des Kühlschranks und werfen alte Blätter und Straßendreck hinein. Die Kinder gefallen mir sehr gut, ich schaue ihnen begeistert zu. Besonders ihre erregten Augen sind eindrucksvoll. Noch einmal werfen sie Dreck in den Kühlschrank! Dennoch gelingt es mir nicht, der verrückten Lächerlichkeit zu entkommen. Elegant und eilig fließt die Scham in mir, ich lache wieder. Ich kann nicht mehr anders, ich muß die Schuhe anziehen, den Mantel überwerfen und meine

Wohnung verlassen. Ich setze mich in eine Straßenbahn und fahre in die Innenstadt. Erst der Anblick einiger Stadtstreicher bringt mich in eine andere Verfassung. Immer öfter ist die Stadt überschwemmt von Pennern und Alkoholikern. Überall liegen sie herum, in den Schalterhallen der Postämter, in den Unterführungen, vor den Eingängen der Kaufhäuser, in den Parks, sogar in den Kirchen sitzen sie neuerdings. Sie haben eine dicke Haut bekommen und halten alles aus. Sie haben sich damit ausgesöhnt, daß sie nicht angenommen werden. Ich bewundere ihren Gleichmut, der ihnen erlaubt, inmitten des ordentlichen Lebens ringsum langsam zu verrotten. Ich bleibe stehen und staune über sie, wenn sie über andere Menschen höhnen und lachen. Und ich empfinde versteckten Neid, wenn sie in ihre Manteltaschen und Plastiktüten greifen, halbleere Flaschen herausziehen und sie ein wenig verächtlich und großspurig an den Mund setzen. So falsch und schlicht fühle ich, wenn ich der Verwirrtheit nahe und deswegen beschämt bin. Erst nach einer weiteren halben Stunde läßt die Erinnerung an die Eltern wirklich nach und mit ihr die Beschämung. Jetzt sehe ich, daß es sich mit den Stadtstreichern anders verhält; sie liegen auf der Straße, weil sie nichts mehr aushalten. Und die vollgestopften Plastiktüten verraten nichts weiter als ihren letzten und härtesten Konflikt: Sie glauben, auf der Straße genauso weiterleben zu können wie früher in ihren Wohnungen. Zusammen mit ihren persönlichen Sachen. Das Wohnzimmer in der Plastiktüte! Bald sinken sie an einer Mauer nieder und stehen nicht mehr auf. Dann endlich ist für jedermann klar, daß ihrem Leben jegliche Freiwilligkeit gefehlt hat. Meine Sätze kommen mir hart und unumstößlich vor. Im Denken bestrafe ich die Stadtstreicher dafür, daß ich mir so gern Illusionen über sie mache. Jetzt schaue ich umher und suche nach einem Ausnahme-Stadtstreicher, der mich Lügen straft und meine schönen romantischen Ideen doch noch rettet. Er müßte jung sein oder jedenfalls noch nicht alt, er dürfte nicht auf der Straße herumliegen, er müßte vagabundieren wie ein richtiger Stadtstreicher, er müßte die anderen Menschen aufmerksam und doch ein wenig herablassend anschauen. Er müßte genau wissen, warum er nicht mehr zu den anderen zählen möchte. Er müßte meinen alten Hohn retten, zu dem ich selber keine rechte Lust mehr habe. Er hätte einen freien Blick. Jeder müßte sehen können, daß *er* es war, der sich entfernt hat. Er ist nicht vertrieben worden. Er ist aus freien Stücken gegangen. Und weil er eine Ausnahme wäre, dürfte er keine Plastiktüte tragen. Ich dichte ihm ein Bündel an, das er an einem Stock über der Schulter trägt. Das Bündel baumelt ein wenig, es müßte freiheitlich und sorglos aussehen. Und ich würde ihn fragen, welches die Dinge sind, die er in seinem Bündel trägt. Denn er hätte eine Auswahl getroffen. Er wäre keiner der üblichen Verzweifelten, die nicht damit aufhören können, immer mehr Kram mit sich herumzuschleppen.

Ich setze mich auf eine Treppenstufe und schaue nach links und nach rechts. Es kommt kein glücklicher Vagabund daher, sondern immer nur Heruntergekommene und fast schon Zerlumpte, die ihre eigene Person verschrotten. Immerhin bin ich ruhig geworden und kann die Menschen betrachten. Plötzlich kommt es mir natürlich vor, daß sie alle nicht recht wissen, wohin sie gehen sollen. Nur aus Not und Zufall warten sie auf die U-Bahn oder gehen in Kaufhäuser hinein. Sind sie nicht auch Einsiedler, die sich langweilen und schämen? Ich bin allein und spiele ein Spiel des Alleinseins. Ich füge Wörtern einen oder zwei Buchstaben hinzu und nehme ihnen andere weg, damit sie deutlicher ausdrücken, was sie meinen. Bei dem Wort Langeweile lasse ich das mittlere *e* verschwinden und füge statt dessen ein weiteres *l* ein, so daß das Wort jetzt Langlweile heißt. Dieses Wort finde ich erheblich besser als Langeweile. In Langlweile ist auch das Klapprige der Zeit enthalten, das Blecherne und Windige, auch das Baufällige. An das Wort Scham hänge ich ein weiteres *a* an, so daß die Scham jetzt Schama heißt. Schama finde ich ganz ausgezeichnet! Ich muß mich beherrschen, daß ich nicht Leute anhalte und ihnen sage, daß es jetzt Schama heißt. Das Wichtigste an der Scham drückt sich erst in Schama aus: daß sie kaum zu bremsen ist und deswegen immer zu lange dauert.

Ich entdecke ein junges Mädchen, das auf dem Rand eines Blumenkübels sitzt und eben beginnt, seine Socken auszuziehen. Es sind kurze schwarze Socken, die das Mädchen mit geübten Handgriffen abstreift. Aus der Handtasche holt sie ein paar neue, ebenfalls schwarze Socken hervor und legt sie sich zurecht. Sie hat es nicht eilig. Sie schaut in die Ferne und spielt dabei mit der rechten Hand an ihren nackten Zehen. Ich sehe es und freue mich. Das Mädchen zieht die neuen Socken an, umfaßt ihre nun wieder mit Wolle überzogenen Zehen und spielt erneut mit ihnen. Ich überlege, ob ich mir ebenfalls neue Socken kaufen und sie hier anziehen soll. Das Mädchen hat den Strumpfwechsel beendet, zum Glück geht sie nicht weg. Sie hat ein Bein übergeschlagen und betrachtet ihren Schuh, der vor ihr steht. Plötzlich bin ich überzeugt, das Mädchen schützen zu müssen. Ich wundere mich über den Einfall, die junge Frau wird von niemandem bedroht. Als ich zwölf war, glaubte ich ebenfalls, meine Eltern beschützen zu müssen. Ich war mir sicher, daß sie sich jeden Tag fremder auf der Welt fühlten. Zeitweilig verhielt ich mich besonders brav, weil ich wollte, daß sie wenigstens mich von morgens bis abends vollständig verstehen könnten. Ich sehe umher, mein Blick bleibt bei ein paar ermüdeten Kindern hängen, die neben ihren Eltern herlaufen. Ich wünsche mir, daß die Kinder jetzt schon über ihre Eltern lachen können. Aber es lacht kein Kind. Sie können nicht ahnen, daß sie den Ernst ihrer Eltern später nicht mehr verstehen werden. Um dieser Ahnungslosigkeit willen werden die Kinder besonders geliebt. Immer wieder halten Mütter plötzlich inne und küssen überfallartig ihre kleinen Kinder. Es ist die besondere Ahnungslosigkeit der Kinder, die das Begehren auslöst. Ich sitze da und sehe den überwältigten Kindern nach. Sie wischen sich die Spuren der unverstandenen Küsse von den Lippen, dann leben sie in ihrem eigenen Ernst weiter. Mit dem gleichen Ernst habe ich damals Vater beobachtet. Ich bewunderte die Zähigkeit, mit der er über Jahre hin seine Ziele verfolgte, und ich bewunderte die Art, mit der er seine Arbeit mehr verschwieg als propagierte. Ich erinnere mich an keine einzige Gelegenheit, bei der ich ihn prahlend erlebt habe. Um ihm nahe zu sein, versuchte ich damals, die gleichen Dinge interessant zu finden wie er. Also ließ ich mich beeindrucken von Eisenbrücken, Kränen,

Schiffen, Dieselmotoren, Drehbänken, Schraubstökken und Zirkeln. Er muß geglaubt haben, daß ich eines Tages so sein werde wie er. Längst wünschte ich mir, daß er etwas von der neuen Rolle zeigte, die er meinem Gefühl nach schon eingenommen hatte. Er arbeitete nur noch zum Schein als Konstrukteur bei einer Baugesellschaft. In Wahrheit war er etwas anderes geworden: ein Erfinder. Er selbst verwendete dieses Wort nicht. Wieder war seine Bescheidenheit für mich ein Indiz, an seine Projekte zu glauben. Ich hielt seine Arbeit schon deshalb für seriös, weil er kaum über sie sprach. Hätte er sich in langwierigen Selbstdarstellungen ergangen, hätte ich ihn für einen Angeber halten müssen. Mindestens darin war ich ihm ähnlich: Wir hielten das Schweigen für ehrenvoll, weil wir es mit Würde gleichsetzten. Außerdem war ich damals überzeugt, daß eine Arbeit, in die ein Mensch seine ganze Leidenschaft hineinträgt, gelingen *mußte*. Denn genauso fremd wie die Lächerlichkeit seiner Eltern ist einem Kind die Idee des Scheiterns. In Vaters Fall war diese Idee besonders abwegig, weil eines Tages etwas Unerwartetes, etwas ganz und gar Phantastisches geschah: Vater begann, außer an seiner Maschine auch noch an einem Haus für seine Familie zu bauen. Am Rand des Firmengeländes, zwischen seinem Büro und der Werkseinfahrt, wurde eine Baugrube für das Fundament und den Keller eines zweigeschossigen Wohnhauses ausgehoben. Diese ungeheuerliche Tat machte vorübergehend die ganze Familie lebendig. Vater war, trotz seiner verstockten und grüblerischen Art, mit einem Schlag ein Held. Natürlich brachten wir den Bau des Hauses mit dem Fortgang von Vaters Erfindung in Zusammenhang. Etwas

Genaues wußten wir nicht. Auch Mutter, denke ich, konnte sich nicht erklären, wie es zu dem Bau des Hauses kam. Zu einem Hausbau gehörte viel Geld, und das hatten wir nicht. Im Hintergrund mußte es jemanden geben, einen Gönner, einen Fachmann oder einen guten Freund, der die Bedeutung von Vaters Arbeit erkannt hatte. Aber eigentlich interessierten uns solche Erklärungen nicht. Wir hielten uns an das Wirkliche und Tatsächliche, und das war überzeugend genug. Die Süße des nicht genauen Wissens erlaubte uns immer tollere Glücksideen. Nach ein paar Wochen war das Fundament gelegt; die Grundmauern waren bereits sichtbar. Zum erstenmal, an einem Sonntagnachmittag, sah ich Mutter das Werksgelände besuchen. Sie trug das violette Kleid mit den weißen Punkten, dazu ihre halbhohen weißen Schuhe und helle Strümpfe. Mutter ging mit langsamen Bewegungen umher und freute sich. Die Unbeholfenheit zwischen all den Maschinen und Geräten verhalf ihr zu einem Charme, den ich an ihr bis dahin nicht kannte. Plötzlich war sie da, die unsichtbare und phantastische Verbindung zwischen Vaters Arbeit und einem kommenden Glück. Mein Bruder und ich rannten zwischen den niedrigen Mauern des Rohbaus umher. Jeder von uns sollte ein Zimmer für sich bekommen. Diese Aussicht war so belebend und blendend und unerhört, daß sie mich noch heute, wenn ich über sie schreibe, erregt. Denn bis heute kann ich kaum wahrheitsgemäß über die Wohnung der Eltern sprechen. Schon in der Formulierung WOHNUNG DER ELTERN steckt eine Distanz, ohne die mir das Thema nicht über die Lippen geht. Ich kann nicht UNSERE WOHNUNG sagen, ich kann auch nicht UNSER ZUHAUSE sagen und erst recht nicht: MEIN ZUHAUSE. Die WOHNUNG DER ELTERN war kein Zuhause, für niemanden. Ich nannte sie unsere SCHUHSCHACHTEL, manchmal auch FERNSEHHÜTTE. So nenne ich die beiden kleinen Zimmer heute noch, wenn ich gut gelaunt bin, das heißt, wenn ich genügend Spott in mir habe, der mir hilft, den Gegenstand (die SCHUHSCHACHTEL, die FERNSEHHÜTTE) sowohl auszudrücken als auch mich über ihn zu erheben. Wenn ich nicht genügend Spott zur Verfügung habe, muß ich das Thema meiden oder lügen. Denn ich kann niemandem sagen, daß wir zu fünft fast zwanzig Jahre lang in einer Zwei-Zimmer-Wohnung gelebt haben. Die Eltern mit der Schwester in einem Zimmer, mein Bruder und ich in dem anderen; gewöhnlich lüge ich an dieser Stelle zum erstenmal: Ich mache aus der Zwei- eine Drei-Zimmer-Wohnung. Wie es wirklich war, ist nicht sagbar. Das Unsagbare rührt eine Scham an, die sich damals bildete und die nie ganz verschwunden ist. Vater saß vor dem Fernsehapparat, der in unserem, das heißt: in meinem und meines Bruders Zimmer stand. Wir lagen drei Meter vom eingeschalteten Apparat entfernt in unseren Betten und warteten auf das Ende des Programms, damit wir allein sein und endlich schlafen durften. Obwohl wir noch Kinder waren, empfanden wir die Einsamkeit des Vaters. Wir beachteten nicht das Fernsehen, wir beobachteten den Vater, wie er dem Programm zuschaute. Pausenlos flackerte das blaue Fernsehlicht der fünfziger Jahre in sein Gesicht und hob sekundenlang seine unaufhebbare Verlorenheit hervor. Vater hatte sich eine Angewohnheit zugelegt, die ihn zugleich lächerlich machte. Er hielt Menschen, die im Fernsehen auftraten, für so bedeutsam, daß er ihren Sätzen bekräftigend nachnickte. Und weil er diesen Menschen auch nahe sein wollte, hielt er den Kopf dicht an den Fernsehschirm und nickte in einem fort. Wir lagen in unseren Betten und belustigten uns lautlos über den Vater. Dadurch bemerkten wir nicht, daß wir selber nur Leere in unseren Köpfen hatten. Auch dann, als der Vater endlich gegen dreiundzwanzig Uhr den Apparat ausschaltete und sich schlafen legte, waren wir nicht wirklich allein. Mein Bruder suchte damals Anschluß an einen Karnevalsverein. Das war seine Möglichkeit, vor der SCHUHSCHACHTEL zu fliehen und sein Leben mit einem fremden Glanz auszuzeichnen. Eines Nachts, der Fernsehapparat war seit etwa einer halben Stunde abgeschaltet, hörte ich, wie er von seinem Bett aus einer vorgestellten Menschenmenge AHOI! zurief. AHOI! war der Zuruf der Mannheimer Karnevalisten. Und weil durch die Ritzen des Rolladens immer auch ein wenig Licht fiel, sah ich, daß mein Bruder, während er leise AHOI! rief, den rechten Arm hob und einer nicht vorhandenen Menschenmenge zuwinkte. Er lag im Bett und stellte sich tatsächlich vor, er sei ein kleiner Faschingsprinz, der an einem Fasnachtsdienstag in einem prunkvollen Wagen durch die Innenstadt fuhr. Und weil ich damals erst zwölf oder dreizehn war und leider noch nicht wußte, wie sehr Kinder schon der Würde bedürfen, machte ich wenige Tage später meinen Bruder lächerlich, indem ich sein Prinzengehabe bei Tage nachahmte. Er schämte sich und wurde nicht Mitglied eines Karnevalvereins. Ich glaube, ich war damals stolz darauf, ihn diesen Umtrieben entfremdet zu haben. Während der Fasnachtsumzüge an den sogenannten tollen Tagen war und ist es üblich, daß Karnevalisten von ihren farbig geschmückten Festwagen Bonbons auf die Straßen werfen. Viele Erwachsene und Kinder rennen den auf den Straßen entlangrutschenden Bonbons nach und stoßen sich sogar gegenseitig um, wenn sie dadurch an ein Bonbon herankommen können. Zwei- oder dreimal habe ich mit meinem Bruder an solchen Umzügen teilgenommen und bin den Festwagen hinterhergerannt, um schon frühzeitig, sobald die Bonbons von den Wagen geschleudert wurden, deren Flugbahn zu erkennen und möglichst rasch an Ort und Stelle zu sein, wenn sie auf der Straße aufschlugen. Ich erinnere mich gut, daß ich mir plötzlich inmitten der sich bückenden und sich wegdrückenden Kinder peinlich und würdelos vorkam. Es genügte, Bonbons von einem Wagen herunterzuwerfen, um Kinder zu kleinen Idioten zu machen. Ich sah ein Bonbon in einem Rinnstein vor mir liegen, meine Hand war ihm schon nahe – und dann nahm ich das Bonbon doch nicht. Ich stellte mich auf und sah zu den prächtig gekleideten Karnevalisten hoch, die unablässig AHOI! riefen und sich zuweilen nach vorne beugten, so daß die langen Fasanenfedern an ihren Dreispitz-Hüten weit über die Wagenränder hinausragten. Ich weiß, daß ich in diesen Augenblicken Hohn empfand. Hohn ist die schnellste Art von Souveränität, die Menschen möglich ist. Der Grund für ihren plötzlichen Bedarf ist Notwehr. Ich verstand nicht mehr, was an diesen gockelartig aufgeputzten Männern und ihren Bonbons aufregend oder gar bewundernswert sein sollte. Weil ich ihnen aber noch Minuten zuvor gut gesonnen war, brauchte ich für meine überraschend eingetretene Distanz ein schnelles Ausdrucksmittel, den Hohn. Ich spürte, wie mich ein gleichmäßig fließender, innerer Spott rasch von diesen Männern entfernte. Ich sagte meinem Bruder, daß ich nach Hause wollte. Und es war klar, daß ich ihn, als ich ihn bald danach im Bett liegend AHOI! rufen hörte, vor diesem Unfug meinte retten zu müssen, und zwar durch Anwendung desselben Hohns, der sich mir beim Anblick eines auf der Straße liegenden Bonbons aufgedrängt hatte.

Wenn Mutter guter Laune war, warf sie eine Zitrone in die Höhe und fing sie wieder auf wie ein kleines Bällchen.

Ich sehe eine ältere Frau, die sich mit dem Taschentuch den Hals *ringsum* abwischt. Mit der Hand führt die Frau das Taschentuch von der Vorderseite des Halses aufwärts in das Genick und von dort wieder zurück; dasselbe folgt noch einmal in die Gegenrichtung. Diese Bewegungen habe ich zuletzt bei einer Krankenschwester gesehen, die meiner dem Sterben nahen Mutter den verschwitzten Hals trocknete. Diese Art des Halsabwischens ist unter jungen Menschen nicht verbreitet, und unter den Alten nur bei solchen, die vielleicht, ohne es ahnen zu können, mit dieser Bewegung in ihr Todesjahr eintreten.

Einmal, als sie noch nicht zwanzig war, wurde ihr während eines Spaziergangs übel. Der Mann an ihrer Seite fragte sie, was sie gegessen und getrunken hatte. Es stellte sich heraus, daß sie Gurkensalat gegessen und darauf Wasser getrunken hatte, eine Kombination, die damals als lebensgefährlich galt. Der Mann umarmte sie so leidenschaftlich wie schmerzlich. Das gefiel der Frau sehr. Die einzige stürmische Szene, so erzählte Mutter später, die mir galt, verdanke ich einem Tellerchen Gurkensalat und einem Glas Wasser.

Mein Bruder war gar nicht mehr so klein und unaufmerksam, wie ich angenommen hatte. Nachts blieb er viel länger wach als ich und merkte sich die unscheinbaren Geräusche und die Art meines Atmens beim Onanieren. Und als er sicher darin war, eine Abfolge dieser Geräusche nachahmen zu können, trat er eines Nachmittags frech vor mich hin und gab seine Nummer zum besten. Ich fühlte mich entblößt und beschämt. An meiner Sprachlosigkeit erkannte mein Bruder, daß er mich getroffen hatte. Die Sehnsucht nach anderen Verhältnissen wurde so groß, daß sie mich zwang, meine Familie zu verraten. Ich wünschte mir andere Eltern und andere Geschwister, andere Geschichten und andere Zimmer, andere Anblicke und andere Geheimnisse. Leider ließ sich nichts von dem, was um mich herum war, auswechseln. Deswegen begann ich, aus mir selber einen anderen zu machen. Tagsüber spielten wir mit den Kindern der amerikanischen Soldatenfamilien, von denen viele in die leerstehenden Wohnungen der Nachbarschaft eingezogen waren. Zwei dieser Kinder, Mike und Charly, wurden deshalb unsere Freunde, weil sie meinen Bruder und mich in die Wohnung ihrer Eltern mitnahmen. Mike und Charly lebten mit ihren Eltern in einer unfaßlich großen Vier-Zimmer-Wohnung. Zu allen Zimmern standen die Türen offen. Wir konnten spielen, wo immer wir wollten. Kein einziges Mal verscheuchte uns die stets in einen Bademantel eingehüllte Mutter. Zuweilen holte die Mutter kleine Täfelchen wunderbarer Schokolade aus der Tasche ihres Bademantels, gab sie uns und verschwand wieder. Die Spielzeuge von Mike und Charly waren in der ganzen Wohnung verstreut. Es gab Farbstifte, Malblöcke, Spielautos, Comic-Hefte, Puppen, Sportgeräte, Bälle, Baseballschläger, Dreiräder, Tretroller. Es war uns erlaubt, das eine und andere mit nach Hause zu nehmen und nicht wiederzubringen. Entweder Mike und Charly merkten nicht, daß ihnen etwas fehlte, oder es war ihnen gleichgültig, weil das Fehlende rasch wieder angeschafft wurde. Ich war von dieser Welt so begeistert, daß ich Amerikaner werden wollte. Und es bot sich bald eine Gelegenheit für den Beginn meiner Umwandlung. Im Mannheimer Amerika-Haus war eine Kinder-Bücherei eingerichtet, in die uns Mike und Charly mitnahmen. Es gab dort phantastische Bilderbücher, die verheißungsvoll nach Amerika rochen, es gab einen Schallplattenspieler, es gab Spielgeräte und eine Menge staunenswerter amerikanischer Kinder, die keinen Anstoß daran nahmen, daß zwischen ihnen zwei deutsche Jungen spielten. Weil ich jederzeit Zutritt in diese phantastische Bücherei haben wollte, beschloß ich, mir einen Leser-Ausweis ausstellen zu lassen. Und als mich die Bibliothekarin hinter dem Tresen nach meinem Namen fragte, antwortete ich: William Genazino. Die Frau fragte nicht zurück und schrieb mit der Hand William Genazino auf meinen Ausweis. Ich war glücklich und glaubte für eine Weile, zu einem kleinen Teil bereits ein Amerikaner zu sein. Zu Hause fiel mein Ausweis meiner Mutter und meiner Schwester in die Hände. Sie hielten mich für verdreht und lachten mich aus. Ich wunderte mich, daß sie mich nichts fragten. Immerhin hatte ich meinen Vornamen geändert und damit teilweise meine Herkunft geleugnet. Ich wunderte mich auch später immer wieder darüber, daß in unserer Familie so gut wie nicht gefragt wurde. Man lachte, schwieg oder ging aus dem Zimmer, aber man fragte nicht. Erst viel später erkannte ich, daß die Frag-Losigkeit zu den normalen Verhaltensweisen kleinbürgerlicher Familien gehört; sie haben kein untersuchendes Interesse. Sie halten das Leben für einen gültigen Bescheid, nach dem man sich nicht weiter erkundigt. Öfter am Tag schaute ich auf meinen sonderbaren amerikanischen Leser-Ausweis und war stolz auf ihn; er war ein Ausweis für ein ganz anderes Leben. Ich kann heute nicht mehr sagen, ob mich der Ausweis auch in einem faktischen Sinne von meiner Familie trennte. Als wir zum erstenmal den fast fertigen Rohbau auf dem Werksgelände besichtigten, hatte ich keine distanzierenden Gefühle. Mir gefiel, daß Vater stolz geworden war. Er stand in seinem blauen Arbeitskittel vor seiner Werkstatt und spürte, daß seine Familie ihn achtete. Vater arbeitete nach wie vor als Konstrukteur der Baufirma, auf deren Gelände der Rohbau stand, er war am Wochenende und an den Feierabenden über seine Erfindung gebeugt, und jetzt hatte er seiner Familie auch noch ein Haus hingestellt. Mehr war nicht zu verlangen, mehr war nicht zu geben. Am Rohbau fehlte nur noch das Dach. In Kürze würde das enge Schuhschachtelleben beendet sein. Wir fuhren glücklich nach Hause und erlebten die FERNSEHHÜTTE wie ein Museum des Mangels, über das wir jetzt spotten durften. Wie lange dauerte es, bis das Dach aufgesetzt, die Fenster eingebaut und die sanitären Anlagen verlegt waren?

Jetzt machte sich auch Mutter an Sonntagnachmittagen zurecht und besuchte mit uns den Vater in seiner Werkstatt. Wir saßen in der Straßenbahn und fragten uns, ob Vater heute an der Maschine oder am Haus arbeitete. Auf einem kleinen unbebauten Grundstück rechts von den Gerätehallen stand ein großer Kirschbaum, um den sich niemand kümmerte. Auf diesen Kirschbaum kletterte einen Sommer lang die ganze Familie. Es war ein unglaublicher Anblick: Vater und Mutter auf einem hohen Baum sitzend. Mutter hatte ein kleines Körbchen dabei, das schnell mit Kirschen gefüllt war. Es war schön, sie dabei zu beobachten, wenn sie nicht gleich wußte, ob sie eine eben gepflückte Kirsche sofort essen oder in den Korb geben sollte. Der Baum sagte nicht: Es muß für nächste Woche etwas übrigbleiben. Im Gegenteil; wir durften eine Woche später wiederkommen, der Kirschbaum war unerschöpflich. Außer uns saßen eine Menge Amseln im

Baum, die sich nicht an uns störten. Das war vielleicht das Unerhörte: Plötzlich fehlte alles Störende. Wir hatten wie immer keine Ahnung, wie es im einzelnen weitergehen sollte. Das Haus sah aus, als ob wir in einem halben Jahr einziehen könnten. In einem halben Jahr war Winter, aber wir zogen nicht ein. Es zeigte sich, daß wir, meine Geschwister und ich, unsere Familienlektion gut gelernt hatten: Wir fragten nicht. Unsere gemeinsamen Sonntagsbesuche bei Vater schliefen ein. Mutter ging wieder dazu über, das Schlafzimmer zu verdunkeln und sich ins Bett zu legen. Bis zum Abend erschien sie ein- oder zweimal in der Küche und nahm ein Kopfschmerzmittel ein. Zwischen der Frau, die rund und fröhlich in einem Kirschbaum saß, und dieser anderen Frau, die in einem bodenlangen Nachthemd schweigend durch die Küche schlurfte, schien es keine Verbindung zu geben. Ich glaubte ihr die Schmerzensfrau nicht mehr jeden Tag. Manchmal dachte ich: Sie will sich nicht anstrengen. Sie ist vielleicht faul. Der Glaube an den Vater war ungebrochen. Noch immer brachte ich ihm an den Wochenenden das Mittagessen. Ich sah den Rohbau und traute mich nicht zu fragen, warum die letzten Arbeiten soviel Zeit beanspruchten. Inzwischen war das Dach aufgesetzt worden. Die Fensterrahmen fehlten. Wie große schwarze Löcher blickten die Fensteröffnungen auf das Werksgelände herunter. Die Arbeit am Haus schien zu stocken, die Arbeit an der Erfindung ging voran. Es kam der Tag, an dem die Maschine fertig gebaut und funktionsbereit auf dem Werksgelände stand. Mit der Hand hatte ich das Firmenzeichen GEMA aufgemalt; blau auf gelbem Grund. Vater stellte sich vor die Maschine, stützte die

Arme in die Hüften und lachte. Die Maschine war ein langgestrecktes, etwas unförmiges Ding. Vater nannte öfter ihren Namen; es war eine technische Bezeichnung, die ich mir nicht merken konnte. Jemand kam und fotografierte Vater mehrmals, mal mit, mal ohne Erfindung. Vater hatte sich eine Maschine ausgedacht und hatte das erste Exemplar mit eigenen Händen und ohne fremde Hilfe zusammengebaut. Das war unerhört und sagenhaft, aber über die Ereignisse, die jetzt folgen mußten, hatte er sich entweder nie Gedanken gemacht, oder er glaubte, alles weitere werde sich von selbst ergeben.

Wenn er mit seiner Erfindung Geld verdienen wollte, dann durfte er nicht wieder Monate oder gar Jahre darauf verwenden, ein zweites Exemplar herzustellen. Das bedeutete, daß er sich selbständig machen mußte. Er brauchte Arbeiter, Angestellte und Vertreter, die sich um den Absatz kümmerten; er brauchte eine Verwaltung; und er brauchte Fabrikräume, in denen die Produktion aufgenommen werden konnte. Und vor allem brauchte er Geld, viel Geld, das er nicht hatte. Heute nehme ich an, daß Vater die zweite Möglichkeit bevorzugte; er ließ alles auf sich zukommen. Er arbeitete still und allein vor sich hin und hoffte darauf, daß ihm in allen Fragen, von denen er nichts verstand, selbstlos geholfen werde. Und weil zunächst Geld der Schlüssel für alles war, was er brauchte, wartete er darauf, daß vermögende oder einflußreiche Verwandte an ihn heranträten. Sie sollten seine unternehmerischen Angelegenheiten lösen. Es gab solche Verwandte tatsächlich; nur hatte Vater bis dahin kaum Kontakt mit ihnen. Im Gegenteil; seine Affekte gegen Personen, die

Geld hatten oder an welches herankommen konnten, machten es ihm schwer, mit ihnen umzugehen. Es gab einen Mann, der ihm leicht helfen konnte. Der Mann war ein Bruder meiner Mutter, Onkel Albert. Er wohnte mit seiner Familie in Mannheim, er war Geschäftsführer einer großen Genossenschaft, und er war Vorstandsvorsitzender einer örtlichen Bank. Da ich heute weiß, mit welch einer unfaßlichen, ja kindischen Ahnungslosigkeit (und deswegen auch Voreingenommenheit) Vater der Welt im ganzen gegenüberstand, kann ich auch sagen, daß sich Vater die Art und Weise der Hilfe für ihn ganz einfach vorstellte. Ich glaube, er rechnete damit, Onkel Albert, sein Schwager, werde eines Abends bei uns vorbeikommen und das von Vater benötigte Geld bar auf den Tisch legen und dann wieder gehen. Aber Onkel Albert war ein kluger und vorsichtiger Mann, der Geld weder verschenkte noch verlieh, wenn er die persönlichen Verhältnisse des Kreditnehmers nicht vorher geprüft und als solide eingeschätzt hatte. Eben diese Einschätzung nahm er bald vor. Mutter machte ihren Bruder mit Vaters Situation vertraut. Onkel Albert hörte sich die Geschichte an und reagierte, wie er in solchen Fällen reagieren mußte. Er besuchte Vater auf dem Werksgelände und ließ sich die Maschine vorführen. Er war nicht allein gekommen. Er hatte ein paar befreundete Ingenieure und Unternehmer dabei, die die Maschine begutachteten und ihre Aussichten auf dem Markt beurteilten. Es vergingen zwei oder drei Wochen, dann erfuhr Vater, daß die Prüfung positiv ausgefallen war. Bald danach hielt ein schwarzer Mercedes vor unserem Haus. Es war der Wagen von Onkel Albert, der die ganze Familie in seine Stadtwohnung fuhr.

Wie fast alle Menschen, die in inneren Katastrophen leben, waren die Eltern jedem Rat unzugänglich.

Ich hoffe, niemand werde mich fragen, wie es mir zur Zeit geht. Nach einer Weile fällt mir ein, daß dies auch die Frage gewesen sein muß, die Mutter am meisten gefürchtet hat. Wer so erschrocken gelebt hat wie sie, möchte überhaupt nicht über das Leben sprechen. Sie hatte den Fehler fast aller kleinbürgerlicher Frauen gemacht: Sie hatte in ihrer Jugend, das heißt zum Zeitpunkt ihrer größten Ahnungslosigkeit, die weitreichendsten Entscheidungen getroffen. Aus der langsamen Selbstenthüllung ihrer Arglosigkeit wurde der Alb ihres Lebens, der immer öfter eine trockene Zunge, aber kaum noch Worte hervorbrachte.

Das wichtigste Kennzeichen einfacher Menschen: Sie legen sich ihre Unwissenheit als Anrecht auf Güte aus.

Der Besuch bei Onkel Albert war sehr schön. Er bewohnte mit seiner Familie eine große Wohnung mit hohen Räumen und einem langen Flur. Er trug einen schwarzen Anzug, ein weißes Hemd und eine Krawatte. Er hatte drei fast erwachsene Kinder und eine lebhafte Frau. Sie alle saßen mit uns an einem großen ovalen Tisch und tranken Kaffee. Auf dem Tisch lag eine gehäkelte Decke mit langen Fransen, mit denen mein Bruder und ich spielten, wenn wir allzu verlegen waren. Vater saß neben Onkel Albert und sprach mit ihm. Er stützte sich mit einem Ellbogen auf den Tisch und hob den Kopf ein wenig, wenn er den Rauch seiner Zigarette in Richtung Zimmerdecke stieß. Mein Bruder und ich versuchten, mit den schon erwachsenen Kindern von Onkel Albert in ein Gespräch zu kommen. Wenn wir nicht weiterwußten, standen wir auf und wanderten durch die große Wohnung. Ich lief immer wieder in die Küche. Dort gab es etwas, was ich noch nie gesehen hatte: eine Haushälterin. Es war eine kleine, muntere Frau, die von Zeit zu Zeit im Wohnzimmer erschien, Kaffee oder Wein brachte und Geschirr abräumte, um dann wieder in die Küche zurückzukehren, wo ihr kleines Kind auf dem Boden spielte. Jedes Familienmitglied, auch die Kinder, hatten das Recht, die Haushälterin in Anspruch zu nehmen. Nach einer Weile kehrte ich an den ovalen Tisch zurück und betrachtete Vater und Onkel Albert. Obwohl beide dunkle Anzüge trugen, obwohl beide in aufgeräumter Stimmung miteinander rauchten und plauderten, obwohl beide Ringe an den Fingern hatten und obwohl beide groß und stattlich waren, gab es doch Unterschiede zwischen ihnen. Onkel Albert rauchte kurze, flache Orientzigaretten, die er aus einer schmalen Schachtel holte, die sich nach oben öffnen ließ wie ein kleines Schmuckkästchen. Vater dagegen rauchte prallgestopfte Billigzigaretten, die er mit einer kräftigen Bewegung aus der kleinen Fünfer-Packung herausstoßen mußte. Dem Anzug des Vaters war anzusehen, daß er nicht oft getragen wurde. Er war steif und schränkte Vaters Bewegungsfreiheit ein. Wenn Vater sich erhob, strich er sich mit den Händen an der Anzugjacke entlang. Und wenn von einem Gebäckstück ein wenig Puderzucker auf seinen Ärmel geraten war, wischte er es unverzüglich herunter. Der Anzug von Onkel Albert war weich und nicht neu. Es war sofort zu sehen, daß Onkel Albert an Anzüge gewöhnt war. Es gefiel mir, daß er nicht immerzu sein Aussehen kontrollierte. Gegen ihn war Vater ein altes Kind, das nicht vergessen konnte, was man es einst gelehrt hatte: daß man auf seine Kleidung aufpassen muß. Ich stellte fest, daß mir Onkel Albert besser gefiel als Vater. Es war schrecklich; am liebsten wäre ich in der Wohnung des Onkels geblieben. Weil das nicht ging, versuchte ich, das Verhalten des Onkels nachzuahmen. Ich wollte genauso souverän und sicher sein wie er. Deswegen ging ich bald dazu über, meine Sonntagshose und meine Sonntagsschuhe auch werktags zu tragen. Ich rechnete mit einer Rüge, aber sie blieb aus. Vater sah mich nur an und schwieg. Vielleicht wußte er, daß meine Rechnung nicht aufging. Denn wer, wie Onkel Albert, an bessere Kleidung gewöhnt sein wollte, mußte viele Anzüge und viele Hosen und viele Hemden besitzen. Ich aber hatte nur zwei Hosen, eine für werktags, eine für sonntags. Die Sonntagshose sah bald so aus wie die Werktagshose. Das Ergebnis meiner neuen Kleiderordnung war, daß ich werktags *und* sonntags gleich unscheinbar aussah. Mit diesen Widersprüchen hatte ich nicht gerechnet. Trotzdem kehrte ich nicht zur alten Ordnung zurück. Immerhin verstand ich jetzt Vater besser, der wenigstens an Sonntagen besser gekleidet sein wollte.

Der Schmerz eines Kindes, das genau zu wissen meint, was die Eltern tun müßten, damit sie wieder glücklich sind; wenn das Kind nur die Kraft hätte, den Eltern die Anweisung zum Glück zu geben.

Früh morgens, kurz nach dem Aufwachen, hörte Mutter in ihrer Wohnung jemanden atmen. Reglos horchte sie in die Räume und strengte sich an, die atmende Person zu identifizieren. Sie brauchte fast eine Viertelstunde, bis sie bemerkte, daß sie sich selbst zugehört hatte.

Zu Hause, in der Wohnung, lebe ich stundenlang, ohne den Tod zu spüren. Kaum bin ich draußen auf der Straße, fühle ich eine feindliche Beschleunigung allen Lebens, und ich bin sicher: dies ist sein Anhauch.

An manchen Tagen sehen alle alten Frauen meiner toten Mutter ähnlich; dann möchte ich die Arme heben und so lange in alle Richtungen winken, bis ich wieder bei Trost bin.

Die Cafés teile ich neuerdings ein in Kindercafés, Todescafés und Klinikcafés. In den lauten Kindercafés sitzen nachmittags Schüler, jüngere und ältere, und erledigen ihre Hausaufgaben. Sie besuchen sich gegenseitig an den kleinen runden Tischen, sie rufen sich Vokabeln zu und tauschen Schreibgeräte aus. Von Zeit zu Zeit bestellen sie einen Bananenshake oder einen Kakao. Viele Schüler lassen ihre Bestellungen auf eine Liste setzen, deren Summe am Monatsende von den Eltern beglichen wird. In den Todescafés verkehren gewöhnliche Menschen mit ihren meist kleinen Kindern. Wenn sie ihre Einkäufe hinter sich haben, sitzen sie stumm da und trinken eine Tasse Kaffee. Ihre äußere Erscheinung erinnert nicht an den Tod, im Gegenteil, ihre Kleider, ihre Frisuren und ihre Bewegungen sind eine dauernde Herbeirufung des Lebens, das dann doch nicht recht kommen mag. So sitzen sie erschöpft und schwer atmend in kleinen Sesseln, und zuweilen, in Augenblikken bewegender Ratlosigkeit, bringen sie ihn hervor, den Todesschreck. Einmal habe ich gesehen, wie der

Todesschreck auf die Welt kommt. Ein noch jüngeres Paar saß mit seinem kleinen Sohn an einem Tisch am Fenster. Der Mann hielt eine Weile einen Fuß des Kindes in der Hand und spielte mit ihm. Die Berührung schien den Mann zu beruhigen und das Kind zu vergnügen. Dann aber ließ der Vater den Fuß des Kindes plötzlich los und hielt dem Kind die kalte Unterseite eines Kaffeelöffels an den Hals. Das Kind schrak augenblicklich zusammen. Es griff sich mit der Hand an den Hals und konnte den Schreck weder fassen noch ungeschehen machen. In solchen Cafés habe ich das Gefühl, niemals jung gewesen zu sein, sondern, wie das kleine Kind, immer schon die plötzlich hereinbrechende Kälte gespürt zu haben. Die Klinikcafés werden nicht von vielen Gästen besucht. Sie liegen nicht an den Schnittpunkten des städtischen Lebens, sondern ein wenig außerhalb. Es gibt nur wenige von ihnen; man muß sie kennen und mit Absicht aufsuchen wollen. Ihre Besucher wollen mit dem erschöpften Plastiktütenvolk nichts zu tun haben. Sie sind bereit, überteuerte Preise zu zahlen. Klinikcafés nenne ich sie, weil sie meistens weiß ausgemalt sind und viele ihrer Besucher helle Jakken und Blusen tragen wie Krankenhauspersonal. Es gibt hier keine Musik aus verborgenen Lautsprechern, auch hört man nicht das Schaben von Computerkassen. Die Menschen sind ruhig und gepflegt, jede Locke sitzt, kein Haar ist außer Kontrolle. Man spricht dort leise und studiert die Kleidung der anderen. Ich will in kein Kindercafé, in kein Todescafé und in kein Klinikcafé, aber ich werde mich entscheiden müssen. Mein Blick fällt auf die Schaufensterscheibe eines Juweliergeschäftes, gegen die ein schwerer Stein geschleudert worden sein muß. Der Stein hat die dicke Scheibe nur angeknackt, nicht zertrümmert; die von der Mitte auseinanderfliehenden Sprünge haben über die ganze Fläche der Scheibe das Muster eines riesigen Netzes gezogen. Von weitem sieht es aus, als hätte sich ein großes schweres Tier auf die Scheibe gesetzt und wäre dann wieder verschwunden.

Die Nachmittagssonne gefällt mir so gut, daß ich ein wenig stehen bleibe und mich von ihr wärmen lasse. Eine ältere Frau kommt auf mich zu und fragt: Bleiben Sie noch eine Weile da? Ich bin verblüfft, weil es schon nach wenigen Sekunden einen Menschen gibt, der mein Herumstehen bemerkt hat. Ja, antworte ich. Würden Sie bitte auf mein Fahrrad aufpassen? Ich gehe auf die Post und bin gleich wieder zurück. Ich nicke, die Frau verschwindet, ich stehe herum und schaue auf das fremde Fahrrad. Ich kann nicht sagen, daß ich auf das Rad wirklich aufpasse. Ich halte mich nur in seiner Nähe auf und habe es nicht einmal die ganze Zeit im Blick. Ich bin nicht sicher, ob ich jemanden hindern könnte, das Rad mitzunehmen. Ein Hund geht vorüber; ich höre das ein wenig wetzende Auftreffen seiner Pfoten auf dem Beton. Es ist weit und breit das einzige Geräusch, das an die Möglichkeit von Stille erinnert. Daran erkenne ich, daß ich selbst Stille haben möchte. Ich werde, wenn die Frau von der Post zurückkehrt, in ein ruhiges Klinikcafé gehen. Nicht weit von hier wird eine große Platane gestutzt. Unterhalb des Baumes steht ein schweres Kranfahrzeug; an das Ende seines Greifarms ist eine Kabine montiert, in der ein Arbeiter mit einer kleinen Handsäge steht. Sanft wird der Mann im Astwerk des Baumes hin und her gehoben und sägt da und dort. Zwei weitere Arbeiter heben die herabfallenden Äste auf und stecken sie in den Trichter einer Häckselmaschine, aus der die Äste in Sekundenschnelle zerstückelt wieder herausstieben. Da kommt die Frau zurück und bedankt sich überschwenglich bei mir. Fast werde auch ich überschwenglich; ich freue mich, daß meine Untauglichkeit als Bewacher unentdeckt blieb. Die Frau hingegen scheint zu glauben, daß sie wieder einmal Glück gehabt hat: Auf Anhieb hat sie weit und breit den besten Fahrrad-Aufpasser gefunden. Zufrieden fährt die Frau davon.

Ich gehe über den Eisernen Steg und betrete auf der anderen Seite des Mains ein hohes Klinikcafé, in dem zu diesem Zeitpunkt nur wenige Menschen sitzen. Es sind fast nur Frauen. Sie haben einen Kaffee oder ein Mineralwasser vor sich stehen und sehen durch die hohen Scheiben hinaus in einen kleinen Garten. Ein junger Mann sitzt allein und liest eine englische Zeitung. Ich setze mich zwischen ihn und eine ältere und eine junge Frau, die vertraulich miteinander sprechen. Die ältere Frau erzählt der jungen, welche Wege und Umstände sie hat auf sich nehmen müssen, um zu einer neuen Kennkarte zu kommen. Das Wort Kennkarte ist ein Vorkriegswort, das auch meine Eltern benutzt haben und das von jüngeren Personen nicht mehr verwendet wird. Plötzlich habe ich das Gefühl, daß meine Eltern in der Nähe sind. Das Wort Kennkarte hat sie herbeigerufen. Ich weiß, daß sie nicht hier sind und nie wieder erscheinen können, trotzdem sehe ich mich nach ihnen um. Das ist die mir schon vertraute sehnsüchtige Verrücktheit, ein Schmerz, der wie eine Wehe ankommt, in mich eindringt und sich wieder aus mir herausdrückt und verschwindet. Die junge Frau gebraucht das Wort Personalausweis, die ältere bleibt bei Kennkarte. Ich bin jetzt sicher, daß meine Eltern in der Nähe sind. Wenn ich durch das Todesgefühl nicht so erstarrt wäre und aufstehen könnte, würde ich sie bestimmt finden können. Sie laufen draußen herum und suchen mich. Ich bin ihnen wieder einmal weggelaufen, das kennen sie gut. Ich verspüre den unsinnigen Drang, die ältere Frau darin zu bestärken, auf jeden Fall bei dem Wort Kennkarte zu bleiben, auch wenn sie noch so oft die neueren Worte Ausweis oder Personalausweis hört. Und weil meine Mutter nicht in das Café kommt, schaue ich die ältere Frau an. Sie hat nicht die geringste Ähnlichkeit mit meiner Mutter. Auch scheint sie den Beistand, den ich ihr gewähren möchte, nicht nötig zu haben. Es macht ihr nichts aus, vielleicht merkt sie es nicht einmal, daß sie sich durch die Verwendung des Wortes Kennkarte als jemand ausweist, der zu einer anderen Zeit jung gewesen war. Plötzlich möchte ich selber in der Zeit gelebt haben, als das Wort Kennkarte gebräuchlich war. Ich möchte gleichzeitig mit meinen eigenen Eltern jung gewesen sein. Ich sehe meine Mutter als junge Frau, meinen Vater als jungen Mann, und ich sehe, daß sie sich ein gemeinsames, glückliches Leben vorstellen. Oh, wie herrlich ist es, sie verstehen zu können, ohne sie beobachten zu müssen! Sie atmen auf, weil ich endlich darauf verzichte, ihr Leben gegen das Licht zu halten, dabei den Kopf zu schütteln und zu seufzen: So sehen die beiden Wichte aus, die sich eingebildet haben, unter meiner schauenden Bestrafung Eltern sein zu können. Ich führe die Tasse an die Lippen und spüre, daß sich das Todesgefühl jetzt gegen mich wendet. Ich möchte ein anderes Kind gewesen sein, eines, das seine Eltern freudig annimmt. Aus Versehen beiße ich in die Sahne, es ist, als schmeckte ich die Fadheit des Sterbens. Draußen beginnt es zu regnen. Um mir zu helfen, versuche ich, den beiden Frauen auf die Armbanduhren zu schauen. Zweimal denke ich: Es ist die Zeit der Leute, die vergeht, nicht meine. Ich schaue aus dem großen Fenster und beobachte die Spatzen. Sie picken die letzten Brosamen auf und ziehen sich dann vor dem Regen zurück. Tauben sind die einzigen Tiere, die sich einregnen lassen; alle anderen, die gehen, fliegen oder krabbeln können, bringen sich rechtzeitig ins Trockene. Nur die Tauben hocken mit eingezogenem Genick reglos auf dem Boden und empfangen den Regen.

Drei Kinder laufen vorüber. Sie haben nasse Handtücher in der Hand; wahrscheinlich kommen sie aus einem Hallenbad. Sie schlagen mit den schweren Handtüchern nach einander und empfinden Spaß dabei, wenn sie bloße Körperstellen treffen. Ich möchte wieder einmal einen Heuhaufen sehen. Als Kind habe ich mich im Sommer oft gefragt: Kann man sich in Heuhaufen verstecken? Sind Heuhaufen vielleicht Kinderwohnungen? Aber ich bin nie auf ein Feld gegangen und habe nie nachgeschaut, was sich im Inneren eines Heuhaufens verbirgt. Bald danach habe ich mir ein wunderbares Wanderleben ausgedacht. In den Wintermonaten wollte ich in einer nördlichen Hauptstadt, entweder in Oslo oder in Stockholm, viel arbeiten, dabei in kärglichen Verhältnissen leben und Geld sparen, damit ich im Sommer nach Süditalien, nach Palermo oder Cosenza, würde reisen können, um ein paar Monate lang nichts zu tun. Und wenn der Sommer vorüber war, wollte ich in den Norden zurückkehren und wieder streng arbeiten, um spätestens im März erneut in den Süden aufzubrechen. So wollte ich es halten, ein Leben lang. Es ist nicht dazu gekommen. Ich sitze in einem modernen Klinikcafé und schmecke den Tod im Mund. Aber vielleicht gehört dieser Geschmack zu einem neuen, ganz anderen Leben. Seit einiger Zeit halte ich es für möglich, daß mich erst der Tod der Eltern zu einem Dichter gemacht hat. Nicht zu einem Dichter, der zu Hause sitzt und regelmäßig Werke verfaßt, sondern zu einem Dichter, der auf der Straße umgerissen wird von den in seinem Inneren aufgesparten Bildern. Durch das wirkliche und endgültige Verschwinden der Eltern ist in mir ein fiebriges Flimmern entstanden, in dem mir die Welt zum erstenmal poetisch, das heißt wie verloren vorkommt. Und ich bin jetzt derjenige, der dieses verlorene Flimmern aufsuchen muß, ehe auch dieses verschwindet. Ich winke die Bedienung herbei und zahle. Die Frau steht an meinem Tisch und sucht in ihrem Geldbeutel nach passenden Münzen. Mit ihrem knappen Bubikopf sieht sie aus wie eine Frau aus den zwanziger Jahren. Ich höre, wie draußen das Regenwasser abfließt. Es ist ein schönes stilles Geräusch. Ich verlasse das Klinikcafé und stelle mich draußen ein wenig in die Nähe eines Rinnsteins, um dem Geräusch des abfließenden Regens nahe zu sein. Von der anderen Seite des Mains dringt das starke Glockengeläut des Doms herüber. Es hört sich an, als sollten alle Menschen kurz betäubt werden. Ich sehe ein Liebespaar, das bereits zu taumeln scheint, weil es für die Betäubung besonders dankbar ist. Ich bleibe stehen, weil ich denke, auch ich werde ohnmächtig. Aber ich werde nicht ohnmächtig und das Liebespaar auch nicht. Eine Frau mit hohem Kinderwagen kommt vorüber. Sie sieht kühn aus. Sie hat gewagt, ein Kind auf die Welt zu bringen. Aber anscheinend weiß sie nichts von ihrer Kühnheit; anstatt sich von ihr stolz machen zu lassen, stößt sie den Kinderwagen achtlos vor sich her. Schon glaube ich, daß in dem Kinderwagen gar kein Kind liegt, sondern nur ein kleines Säckchen mit Zwiebeln oder Äpfeln. Fünf Sekunden später schäme ich mich meines lächerlichen Einfalls. Das wird jetzt öfter passieren: Der Schmerz zwingt mich, ein wenig Unsinn hervorzubringen, den ich dann vergessen oder in das Leben einordnen muß.

Da kommt mein Freund Theo des Wegs; er ist freundlich und offen und fragt auf heitere Art, warum ich bei diesem Wetter auf der Straße herumstehe. Ich traue mich nicht, ihm zu sagen, daß ich dem Regenwasser nachhöre. In das Schweigen hinein, das ich verursache, erzählt er von der Musik einer Schallplatte, die er sich gerade gekauft hat. Vor vielen Jahren hat Theo Gedichte geschrieben; aber er hatte kein Glück mit ihnen. Eines Tages fand er eine Anstellung als Logenschließer in der Oper, und das ist er noch heute. Ich habe ihn dort einmal getroffen und war überrascht, wie würdig er in seinem dunklen Anzug aussah und wie glaubwürdig er das Verhalten eines Logenschließers angenommen hatte. Wahrscheinlich gefällt ihm, daß er bei dieser Arbeit tagsüber frei hat und in den Straßen herumlaufen darf. Vor fünf oder sechs Jahren habe ich mich über ihn lustig gemacht, weil er mir einmal erzählt hatte, daß er morgens, wenn der Tag beginnt, sich vor den Spiegel stellt und zu sich selber sagt: Theo, auch diesen Tag werden wir meistern. Später hat er mir von seinem gepolsterten Briefkasten erzählt. Ich mußte wieder lachen, diesmal aber eher respektvoll. Die Geschichte besteht aus einem einzigen Satz: Theo hat den Boden seines Briefkastens mit einem Stück Teppich ausgelegt. Wenn man mir meine Gedichte schon zurückschickt, sagte er, dann sollen sie in meinem Briefkasten wenigstens weich fallen. Theo schreibt schon lange keine Gedichte mehr, aber sein Briefkasten ist immer noch gepolstert. Jetzt schwenkt Theo die Plastiktüte, in der sich eine neue Schallplatte befindet, hin und her und spricht über Musik. An der Art, wie er schwärmerisch ein Andante beschreibt, erkenne ich seine alte Einsamkeit, die mich sofort an die verleugnete Einsamkeit von Mutter erinnert. Deswegen kann ich im Augenblick Theo nicht recht zuhören. Einmal klingelte es nachmittags an unserer Wohnungstür. Mutter erhob sich, ging zur Tür und öffnete sie. Es hatte eine Nachbarin geklingelt, die eine nichtige Mitteilung machte. Nach zwei Minuten kehrte Mutter in die Küche zurück und sagte: In meinem Leben ist immer etwas los! Ich möchte Theo die Geschichte gern erzählen, aber er wird mit seinem Andante nicht fertig. Er bietet mir an, ihn nach Hause zu begleiten und die neue Platte anzuhören. Das möchte ich nicht, obwohl ich im Augenblick nichts Besseres zu tun habe. Ich bin sicher, daß Mutter zur Ironie nicht fähig war. Sie war wirklich überzeugt, daß in ihrem Leben immer etwas los war. Es hat aufgehört zu regnen, Theo verabschiedet sich. Schon bereue ich, daß ich mich nicht bereit erklärt habe, seine neue Platte anzuhören. Ich weiß nicht, warum ich manches ablehne, obwohl ich es auch wollen könnte. Vielleicht nennt mich Theo, wenn er vor anderen Leuten über mich spricht, schon bald seinen früheren Freund. Über den Eisernen Steg gehe ich zurück in die Innenstadt. Schon wieder fällt mir Mutter ein; jetzt weiß ich wenigstens, warum ich Theos Platte nicht anhören wollte: Die Tätigkeit des Erinnerns will mit sich allein sein. Mutter gehörte zu den vielen Menschen, die ihr Leben lang immer wieder dieselben vier oder fünf Witze erzählen. Sie hatte sie in ihrer Jugend gehört und für immer behalten. Es waren gar keine Witze, sondern eher scherzhafte Antworten. Wenn ich Mutter später an Sonntagnachmittagen besuchte, fragte ich sie manchmal: Was gibt es Neues? Und sie antwortete: Es gibt nichts Neues, ich habe am Alten noch genug. Ich kannte ihre Antwort seit vielen Jahren und lachte nicht mehr über sie. Mutter hingegen lachte jedesmal neu, als hätte sie die Antwort gerade eben zum erstenmal ausgesprochen. Erst viel später traute ich mich, sie zu fragen, ob sie mit dem ALTEN die Gesamtheit ihres seit langer Zeit eingerichteten Lebens meinte oder ihren Ehemann oder beides. Mutter war zuerst verwirrt und dann erschrocken. Offenkundig war ihr die Doppeldeutigkeit nicht bewußt gewesen. Und obwohl es keinen Menschen gab, an dem sie mehr genug haben konnte als an ihrem Ehemann, fragte sie mich und log nicht einmal dabei, wie ich auf die Idee kommen konnte, mit dem ALTEN sei ihr Ehemann gemeint. Ich antwortete, daß ich nur verstehen wolle, warum sie jahrzehntelang denselben Scherz wiederholte. Nein, das sagte ich nicht, denn das traute ich mich nicht. Erst recht nicht wollte ich sie auf den Gedanken bringen, daß Originalität eine der Eigenschaften ist, die sich Menschen ausgedacht haben, um Ansprüche an sich und die anderen haben zu können. Ich nahm damals an, daß Mutter ein Kind geblieben war, das niemals erfahren wollte, wie problematisch Wiederholungen sind und daß fast das ganze Leben aus Wiederholungen besteht und wir deswegen gezwungen sind, uns immer einen neuen Lebensgrund zu erfinden. Nein, davon durfte sie auf keinen Fall etwas erfahren; ich hatte ja oft und oft beobachtet, daß ihr Leben ein einziges Zurückweichen vor den düsteren Anforderungen der Erwachsenen war.

Obwohl ich eine Menge städtischer Einzelheiten sehe, dringen sie nicht wirklich in mich ein. Neben dem Eingang eines neu eröffneten Spielwarengeschäfts spielt eine Blaskapelle. Obwohl es nicht mehr regnet, steckt jeder Musiker in einem knielangen, durchsichtigen Plastiküberzug; darunter leuchten rot-blaue Phantasieuniformen hervor. An den Plastiküberzügen rinnen vereinzelte Regentropfen herunter. Ich überlege, ob es die Plastiküberzüge oder die Regentropfen sind, die aus den Musikern leblose Gegenstände machen. Ich überlege und überlege und steige an der Konstabler Wache in die Linie 12 ein und fahre ins Nordend. Dort gehe ich sonderbar froh in das Milchgeschäft von Ludwig Schnarr und seiner Frau. Seit meine Eltern tot sind, gehe ich noch öfter als vorher in dieses Milchgeschäft. Denn auch Herr Schnarr und seine Frau bringen immer wieder die gleichen Scherze hervor, auch sie lachen jeden Tag über ihre Witze und auch sie bleiben mit ihrem Lachen allein. Ich betrete das Geschäft, in dem sich nur drei Kunden befinden. Sofort frage ich mich: Welchen seiner vier oder fünf Scherze wird Herr Schnarr heute machen? Da klingelt nebenan das Telefon; und damit weiß ich Bescheid. Das läutende Telefon ist die wichtigste Vorbedingung für Herrn Schnarrs häufigsten Scherz. Herr Schnarr betritt den Nebenraum, nimmt den Hörer ab und meldet sich wie immer: Hier Schnarr; großes Sch, kleiner Narr. Danach lacht er selber ins Telefon. Jetzt kommt er lachend in den Verkaufsraum zurück. Er schaut seine Kunden an und hofft, daß sie über seinen Scherz lachen oder wenigstens lächeln. Aber sie lachen nicht, sie warten still, daß Herr Schnarr seine Arbeit wiederaufnimmt. Ich nehme an, auch am anderen Ende der Leitung ist nicht gelacht worden, denn auch dort kennt man seit langer Zeit Herrn Schnarrs Witze.

Der einzige, der sich amüsiert, ist Herr Schnarr selber, der jetzt mit einem sanft gekränkten, in sich gekehrten Schmunzeln die Bedienung seiner Kunden wiederaufnimmt. Er wird nie erfahren, daß er in diesen Augenblicken meiner Mutter stark ähnelt und daß ich ihn deswegen anschaue wie jemanden, der auf plötzliche Aufschlüsse wartet. Natürlich schaue und warte ich vergebens. Ich beginne mich zu schämen, weil ich Herrn Schnarr schon so lange betrachte. Auch Herr Schnarr hat kein Bewußtsein von der Problematik der Wiederholungen. Wie meine Mutter hält er Wiederholungen nicht nur gut aus; er bringt selber welche hervor, ohne ihren Schrecken zu empfinden. Soviel ist immerhin klar: Der Schreck über die Wiederholungen ist allein auf meiner Seite. Herr Schnarr findet in seine übliche Geschäftigkeit zurück. Ich hoffe, er holt nicht zu einem neuen Witz aus. Es gibt keine Wiederholung, die nicht auch zugleich die Ursprünglichkeit des Lebens verbraucht. Wie kommt Herr Schnarr mit diesem Verschleiß zurecht? Oder spürt er ihn nicht? Herr Schnarr gibt mir, was ich verlangt habe, einen halben Liter Milch, ein Viertel Butter, ein Viertel Schnittkäse, sechs Eier und ein Päckchen Kaffee, ich bezahle und schaue Herrn Schnarr ins Gesicht und weiß wieder nicht, ob er ein Meister des Lebens oder nur ein Meister der Unempfindlichkeit ist. Für Menschen wie ihn ist das Verlangen nach Originalität nur eine wertlose kulturelle Erfindung; sie haben von Anfang an ihren Frieden damit gemacht, daß das Leben aus Gewohnheiten und Wiederholungen besteht. Und mein Versagen liegt darin, daß ich diese heroische Angemessenheit nicht begreifen will und deshalb nicht würdigen kann.

Ich verlasse den Laden von Herrn und Frau Schnarr und habe wieder das Gefühl, daß die einfachsten Menschen mir weit voraus sind. Am liebsten möchte ich deswegen taumeln. Ich taumle nicht, ich betrete ordentlich das Haus, in dem ich wohne, ich finde meine Wohnung unverändert vor und stelle die bei Herrn Schnarr gekauften Sachen in der Küche ab. Gerne möchte ich abstreiten, daß die vielen Menschen ringsum in den Häusern wirklich leben. Als Kind habe ich mich manchmal zu Hause auf den Boden gelegt und am Teppich gerochen. Ich schaue zum Nachbarhaus hinüber, an dessen Außenwand vor ein paar Tagen ein Gerüst hochgezogen worden ist. Jetzt stehen zwei Männer in weißen Malerkitteln auf dem Gerüst und klopfen den alten Verputz ab. Es genügen leichte Schläge mit kleinen spitzen Hämmern, dann fällt der mürbe Mörtel in den Hof. Ich habe Lust, selber in das

Haus nebenan zu gehen und zu hören, wie es ist, wenn man sich in einem Haus befindet, an das von außen geklopft wird. Ich räume die Sachen weg, die ich bei Herrn Schnarr gekauft habe, und verlasse die Wohnung. Der Eingang des Nachbarhauses ist offen. Ich dringe in das Treppenhaus ein und erreiche schnell den zweiten Stock. Tatsächlich, von hier aus kann ich das Klopfen an die Außenwand gut hören. Es hört sich an wie eine Mahnung: Bleibt nicht zu lang in euren Zimmern! Aber es kommt niemand aus seiner Wohnung. Wie früher an den Teppich, so presse ich jetzt ein Ohr an die Treppenhauswand. Das leichte Klopfen auf brüchigem Grund ist ein wunderbares Geräusch. Ich weiß nicht, warum gerade jetzt ein Todesgefühl heranzieht. Ich warte darauf, daß schwer atmende Kinder in das Treppenhaus stürzen, dann wäre alles anders. Aber es kommt niemand, das Treppenhaus bleibt still. Nur das regelmäßige Klopfen ist zu hören. Ich möchte zurück in den Laden von Herrn Schnarr und eine Weile so tun, als könnte ich nicht deutsch sprechen. Ich würde mit den Fingern auf die Sachen deuten, die ich zu kaufen beabsichtige. Und beim Verlassen des Ladens würde ich deutlich betont sprechen wie jemand, der gerade eine fremde Sprache lernt. Auf-Wie-der-se-hen. In diesen genau und langsam ausgesprochenen Worten sollte mein Wunsch ablesbar sein, daß ich es auf der Welt noch lange aushalten will.

Ich verlasse das Nachbarhaus und stehe wieder auf der Straße. Mir fällt ein, daß ich in dem Hemd, das ich trage, heute nacht auch geschlafen habe. Gestern abend war ich zu erschöpft gewesen, um mich auszukleiden. Es war mir gerade noch gelungen, die Hose abzulegen, dann war ich ins Bett gefallen. Ich möchte auch jetzt wieder so erschöpft sein wie gestern abend. Dann könnte ich nach Hause gehen und ein wenig schlafen. Mein Blick fällt auf eine Maus, die an der Hauswand entlangläuft. Sie hält inne, schaut und schnuppert, dann hoppelt sie weiter mit leicht zitterndem Schwanz. Das Tier kennt offenbar keinen Weg; es läuft dort, wo Platz ist und wo es keine Angst hat. Die Maus gefällt mir, ich bleibe ruhig stehen und lasse sie an mir vorüberziehen. Wenn ich ein Tier wäre, würde ich Todesgefühle wahrscheinlich nicht kennen. Oder ist es eine Wehe? Das Wort Todeswehe trifft die Sache, um die es geht, viel besser, jedenfalls im Augenblick. Es drückt den ankommenden und wieder verschwindenden Schmerz aus; und es deutet zugleich an, daß jeder seinen Tod ein Leben lang auf die Welt pressen muß wie ein eigenes Kind. Die Maus bemerkt nicht, daß ich ihr vorsichtig folge. Ich gehe am äußersten Rand des Bürgersteigs, damit für sie gar nicht erst der Eindruck einer Verfolgung entsteht. Leider endet nach ungefähr dreißig Metern die Häuserzeile; es erhebt sich dort ein verrottetes, mit dürftigem Gras bewachsenes Grundstück, das von den Anwohnern mehr und mehr als Müllplatz verwendet wird. Die Maus rennt sofort auf das Gelände und verschwindet zwischen leeren Bierkisten und ein paar alten Tapetenrollen. Einige Augenblicke bedauere ich die übertriebene Angst des Tieres. Ich überlege, ob ich mich an den Rand des heruntergekommenen Grundstücks setzen und auf die Rückkehr der Maus warten soll. Es macht mir nichts aus, eine Stunde zu warten. Ohne Entschluß bleibe ich am Rand des Grundstücks stehen. Liebevoll schweift mein Blick über den Schutt. Auf der anderen Seite der Straße geht ein junges, träumendes Mädchen vorüber. Es schaut in den Himmel und wedelt dabei nachlässig mit einem Schal. Und es stolpert, als es den Bürgersteig verläßt und auf die Straße tritt. Das Stolpern erschüttert den kleinen Körper. Auch die noch nicht großen Brüste unter dem dünnen Mantel bewegen sich leicht. Beim Anblick des Mädchens fällt mir meine älteste Kindersehnsucht ein: Ich wollte immer gern einen lebenden Vogel auf der Hand sitzen haben. Und zwar wollte ich den Vogel mit der Hand ganz umschließen. Allerdings sollte das Tier wissen, daß es sich dabei nicht ängstigen mußte. Nach einiger Zeit wollte ich die Hand wieder öffnen und den Vogel frei geben. Ich wollte nur etwas Warmes, Kleines, Fedriges und dabei auch noch Lebendiges in der Hand spüren. Leider ist es nie dazu gekommen. Ich ging immer nur spazieren wie das junge Mädchen, das jetzt auf meine Straßenseite kommt, ich schaute in die Lüfte und öffnete sogar manchmal die rechte Hand. Aber es kam nie ein Vogel und nahm auf ihr Platz.

Erst viel später, als ich Magda kennengelernt hatte und ihre Brüste berührte, fiel mir meine Kindersehnsucht wieder ein. Ich entdeckte, daß das Anfassen von Magdas Brüsten fast eine nachträgliche Erfüllung meines Kinderwunsches war. Brüste atmen wie kleine Tiere, sie sind warm wie Vögel und fast sind sie auch ein bißchen fedrig. Leider war Magda eine geplagte, störrische Frau, der es nicht oft gelang, sich das Leben gefallen zu lassen. Sie war nervös und übererregt, hastig und ungeduldig. Sie glaubte, nicht genügend gebildet zu sein. Deswegen verwendete sie häufig Fremdwörter, die nicht recht in den Verlauf unserer Unterhaltung hineinpaßten. Ein solches Wort war zum Beispiel das Wort Fetischismus. Natürlich wußte Magda, was Fetischismus ist, aber sie wollte auch zeigen, daß sie es wußte. Einmal, als sie sich die Zähne putzte, sah sie zwei Zahnpastatuben auf meinem Badebord liegen, eine nahezu leer gedrückte und eine neue, eben erst gekaufte Tube. Der Anblick der beiden Tuben veranlaßte Magda, aus dem Bad herauszurufen: Bist du ein Zahnpastatubenfetischist geworden? Ich gab keine Antwort; es war wieder einmal so weit, daß Magda ihr Teilwissen unbedingt hatte loswerden müssen, dieses ewig fragmentarische Konfettiwissen, das von Zeitungen und Zeitschriften jeden Tag neu und vollkommen wahllos über den Menschen ausgestreut wurde. Es war nichts weiter passiert als dies: ich hatte eine neue Tube Zahnpasta gekauft und die alte nicht sofort weggeworfen. Ich schwieg und wartete, bis Magda ihren Einfall vergessen hatte. Erst spät in der Nacht, wenn wir im Bett lagen und langsam einschliefen, schob ich meinen Arm um Magda und legte meine Hand auf ihren Busen und dachte im Dunkeln: Wie kleine Vögel! Wie kleine Vögel!

All das liegt schon länger als ein Jahr zurück. Damals lebte Mutter noch, das heißt, sie war eben in das Krankenhaus eingeliefert worden, und es stand nicht gut um sie. Man hatte ihr gesagt, sie habe eine Infektion, die hatte sie auch, aber sie hatte viel mehr. Nach den Röntgenaufnahmen erklärten die Ärzte, daß von ihren beiden Nieren die eine ganz und die andere fast ganz zerstört sei. Im Scheidenausgang vermuteten die Ärzte einen Tumor. Ein Arzt sagte zu mir: Ihre Frau Mutter wird nicht mehr gesund werden können. Sie selbst fühlte sich rasch wieder wohlauf, sie hatte keine Schmerzen und glaubte, wenige Tage später wieder nach Hause zurückkehren zu können. Bald wurde sie erneut operiert; es mußte festgestellt werden, ob es einen Tumor gab oder nicht. Und nach der Operation war klar: Sie hatte einen Tumor. Der Arzt sprach mit mir, ich konnte ihm aber kaum folgen, weil ich immer wieder das Wort Scheidenkrebs vor mich hindenken mußte. Ich hatte dieses Wort nie zuvor gehört und wurde jetzt von ihm eingeschüchtert. Ich dachte an Magda und alle Frauen und war erschüttert darüber, wie bedroht sie alle waren. Der Arzt sagte: Es gibt zwei Möglichkeiten; entweder wird Ihre Frau Mutter einen Katheder in die Seite oder in den Rücken bekommen. Aber es ist zweifelhaft, ob dies geschehen kann, weil der Umgang mit einem solchen Gerät für einen alten Menschen nicht einfach ist. Die zweite Möglichkeit ist eine weitere Operation, um die Restniere wieder auf Touren zu bringen. Eine solche Operation geschieht nicht, um eine Heilung herbeizuführen; die ist nicht mehr möglich. Sondern um die Lebenszeit Ihrer Frau Mutter ein wenig zu verlängern. Und was geschieht, wenn Sie eine weitere Operation unterlassen? fragte ich. Dann könnte es geschehen, sagte der Arzt, daß Ihre Frau Mutter an Urämie stirbt, das heißt an Selbstvergiftung, weil ihre Organe die Giftstoffe nicht mehr ausreichend abführen. An Urämie erkrankte Menschen werden immer müder. Eines Tages wachen sie einfach nicht mehr auf.

Eine weitere Operation lehnte Mutter ab. Sie wollte nach Hause, und zwar gleich. Sie bemerkte nicht, daß sie dazu schon keine Kraft mehr hatte. Einmal brachte ich ihr eine frische Brezel mit; sie nahm sie in die Hand und gab sie mir wieder zurück, weil sie die Brezel nicht mehr selbst auseinanderbrechen konnte. Ich fragte den Arzt, wie lange sie noch zu leben hatte. Er antwortete, daß auch eine Operation die Lebenszeit um höchstens einen Monat verlängert. Auch andere Zeichen deuteten auf ein baldiges Ende. Als Vater starb, wollte er, der nie gereist war, sich plötzlich neue Fotos für seinen Paß anfertigen lassen. Er wollte als Todkranker in die Berge reisen. Deswegen war ich erstaunt, als nun auch Mutter über Reisepläne sprach. Und auch sie wollte «Alpenwanderungen» machen. Sie verwendete das Wort «Alpenwanderungen», das ihr, solange sie gesund war, nie über die Lippen gekommen war. Die armen Eltern! Dicht vor dem Tod fiel ihnen ein, daß man sich von der Welt etwas anschauen kann. Mutter bemerkte nicht, daß sich in diesen Augenblicken Tränenflüssigkeit bei mir bildete. Ich überlegte, daß meine Eltern, wenn sie *gemeinsam* sterbenskrank gewesen wären, dann wenigstens das Erlebnis eines gleichlautenden Wunsches gehabt hätten. Sie hätten, beide todkrank, nebeneinander in ihren Betten gelegen und beide die Entdeckung gemacht, daß sie verreisen wollten. Nein, das wäre zuviel für sie gewesen. In dieser Zeit war ich dankbar, daß ich Magda kannte, obwohl sie mich schlecht behandelte. Ich dachte: Sie ist eine Frau, sie hat es schwer, sie ist vom Tod bedroht und hat deswegen ein Recht, schwierig zu sein. Wenn ich in dieser Zeit nicht zuweilen einen kleinen Vogel in der Hand hätte halten dürfen, wäre der Anblick der langsam verschwindenden Mutter kaum zu ertragen gewesen. Ich sah ihre geschlossenen und geschwollenen Augen, ich sah ihr schütter gewordenes Haar, das den Blick bis auf die Kopfhaut frei gab, ich hörte ihr Stöhnen und trockenes Schlucken und mußte doch nicht weglaufen, weil ich mir dazwischen immer wieder vorstellte: Heute nacht sitzt dir ein kleiner Vogel auf der Hand und fliegt nicht weg. Jedesmal, wenn ich mir diese Geschichte in die Erinnerung zurückrufe, ist es mir auf sanfte Weise gleichgültig, wie lange ich selbst noch am Leben sein werde. Eine mir längst vertraute Panik kommt über mich, Schweiß bricht aus an ungewohnten Stellen. Und ich weiß, ich muß irgend etwas tun, um mich in eine andere Verfassung zu bringen. Seit gut zwanzig Minuten stehe ich hier am Rande des Schuttgeländes und warte auf die Rückkehr der Maus. Von Zeit zu Zeit blicke ich zu den Bierkisten und den Tapetenrollen hin, aber die Maus läßt sich nicht sehen. Vielleicht hat sie ihr Nest in einer der Tapetenrollen! Dann würde ihre Wohnung aus einem langen schmalen Gang bestehen, der an beiden Seiten offen ist. Ob das eine Maus aushalten kann? Einmal, als es mir gleichgültig geworden war, wie lange ich selber noch lebte, fuhr ich in die Innenstadt und aß in einer Schnellgaststätte einen Fisch. Mit kleinen Schritten trat ich auf der Plattform der U-Bahn hin und her; schon das tat mir gut. Nach vier Stationen hatte ich das Fischlokal beinahe erreicht. Es ist eine gewöhnliche Braterei, in der man fast nur Rentner oder Arbeitslose antrifft. Ich sah das Fischlokal von weitem und dachte: Ich ertrage es nicht, mir die Mutter künftig als tote Mutter vorzustellen, und zwar immer wieder und ausschließlich, deswegen werde ich in tödlicher Eile eine Gräte verschlucken, die etwas zu lang und etwas zu stark für mich sein wird. Ich befand mich dicht vor dem Eingang der Schnellgaststätte, und ich fühlte, daß sich meine Panik und meine Trauer in eine unausweichliche innere Verhetztheit verwandelt hatten, die gut zu meinen Absichten paßte, da stieß ich mit meiner Armbanduhr gegen einen eisernen Lampenmast. Das Glas über dem Zifferblatt zersprang und fiel in hundert winzigen Splittern auf die Straße. Ich war begeistert und verwirrt, weil ich nicht wußte, was dieser Zwischenfall bedeuten sollte. War meine Zeit tatsächlich abgelaufen? Ich betrat das Fischgeschäft und stellte mich in eine Reihe mit den wartenden Rentnern, die an diesem Tag weit in der Überzahl waren. Ich wartete und sah auf meine halbzerstörte Armbanduhr, deren Zeiger weitertickten. Zum erstenmal sah ich, daß der Sekundenanzeiger, wenn er weiterrückte, selbst ein wenig zitterte. Der Sekundenanzeiger beeindruckte mich, und ich bemerkte, daß er mich aus meiner üblen Stimmung herauszog. Solange das Glas über dem Zifferblatt war, hatte ich das Zittern des Sekundenanzeigers nie beachtet. Jetzt sah ich, daß die Uhr selbst erregt war über die Zeit, die sie anzeigte! Das Glas war nicht komplett herausgefallen. Rings um das Zifferblatt waren kleine scharfe Splitter steckengeblieben. Ich entfernte sie nicht, denn auch diese kleinen Splitter gefielen mir. Ich wollte, daß die Leute im Fischgeschäft meine halbzerstörte und doch funktionierende Uhr bewunderten. Aber sie bemerkten sie nicht einmal; sie stierten auf ihren Rotbarsch und auf ihren Kabeljau und sahen nichts. Ich begreife das nicht! Wenn ich in der Nähe anderer Menschen bin, studiere ich alle ihre Einzelheiten. Ich nahm meinen Teller und stellte mich an die Theke, ich begann zu essen und sah auf meine kaputte Armbanduhr, ich beobachtete von Sekunde zu Sekunde das Zittern des Zeigers und merkte an meiner wachsenden Aufmerksamkeit, daß ich gerettet war. Meine Zunge tastete jeden Bissen beinahe zärtlich nach Gräten ab; es machte ihr nicht die geringsten Schwierigkeiten, jeden Widerstand im Mund sofort ausfindig zu machen. Es war plötzlich eine Freude zu leben: mit dieser Zunge!

Ich vergaß mehr und mehr, daß ich nicht mehr recht hatte leben wollen. Ich konnte sogar langsam essen, was ich nicht immer kann, und ich konnte während des Essens ruhig umherschauen, was mir auch nicht immer gelingt. Danach brachte ich den Teller zurück zur Essensausgabe und verließ die Fischgaststätte. Ich achtete darauf, daß ich während des Gehens den Sekundenanzeiger nicht berührte. Ich hatte nicht gewußt, wie sehr sich der Tag ändert, wenn man auf ein kleines Ding aufpassen muß. Es fiel mir ein, wie es wäre, wenn ich auf ein *lebendes* kleines Ding aufpassen müßte, auf ein Kind, das ich mir manchmal schon gewünscht habe. Ich stellte mir vor, wie es wäre, wenn ich so ein kleines lebendes Ding an der Hand hätte und es durch die Straßen führen könnte, wie es wäre, wenn ich zu dem kleinen Wesen manchmal Frieder oder Marianne oder Du kleiner Stinkarsch sagen könnte. Zum Glück hatte ich jetzt wenigstens eine kleine zarte Uhr, die ich zu schützen hatte. Ich starrte auf mein Armgelenk und war glücklich, nein, ich war nur erschöpft und zufrieden, weil ich mit dem Leben davongekommen war. Ich setzte mich in ein Café in die Nähe einer Mutter und eines kleinen Kindes, ich lehnte mich zurück und hörte heimlich ihren Gesprächen zu.

Aber was soll ich jetzt tun? Ich kann nicht noch einmal in das Fischlokal gehen. Außerdem ist meine Armbanduhr längst wieder repariert. Ringsum geschieht nichts. Es regnet ein wenig, das ist alles. Ich bin müde wie ein Kind nach einem etwas zu langen Ausflug. Ich werde nach Hause gehen und so tun, als würde mich Magda überraschend besuchen kommen. Ich werde mir ein Glas Rotwein an das Bett stellen, mich hinlegen und nach einer Weile einschlafen. Zum Glück ist es nicht weit bis zu meiner Wohnung. Schon freue ich mich darauf, in meinem Zimmer zu sein und auf Magda zu warten. Sie hatte langes dunkles Haar, das sie jeden Tag sorgfältig kämmte; ich saß nicht weit von ihr entfernt auf einem Stuhl und schaute ihr beim Kämmen zu. Zu Hause in der Wohnung tue ich eine Weile so, als käme Magda wirklich. Ich räume endlich die Sachen weg, die sich um das Bett herum angesammelt haben, ich wische den Staub vom Fensterbrett und vom Lampenschirm, ich beziehe das Bett frisch und ich putze die Scheibe der Balkontür. Magda soll sich gut aufgehoben fühlen, wenn sie kommt. Aus der Küche hole ich ein Glas und fülle es mit Wein. Das Glas ist groß und reicht für uns beide. Wenn ich zwei Gläser neben das Bett stellte, käme sich Magda fast schon gefährdet vor. Lieber war es ihr, wenn sie von Zeit zu Zeit an meinem Glas nippen konnte. Es ist schön, in meinem Zimmer im Bett zu liegen und durch die Balkontür die große Platane im Hinterhof anzuschauen. Ich kenne ein einzelnes, lange verwelktes Blatt, das sich oft bewegt, auch dann, wenn sich die anderen verwelkten Blätter nicht bewegen. Das Blatt erinnert mich an einen Plan, dessen Ausführung ich schon mehrmals aufgeschoben habe. Es ist ein Projekt der Geduld; ich möchte die Art und Weise beschreiben, in der verschiedene Bäume im Wind schwanken. Die Tannen wippen, die Pappeln wanken, die Birken zittern, die Ulmen wackeln, die Eichen ruckeln und die Espen vibrieren. Es versteht sich, daß diese Angaben dürftig und nur vorläufig sind. Vielleicht komme ich in diesem Sommer dazu, das Projekt auszuführen. Bevor ich mich ins Bett lege, schaue ich vom vorderen Zimmer noch einmal auf die Straße hinunter. An der gegenüberliegenden Hauswand sehe ich einen kleinen Jungen. Er ist von einer kleinen Pfütze gefesselt, in die zu treten er sich offenbar nicht traut. Magda kommt nicht. Ich lege mich in das für sie hergerichtete Bett, ich schaue in dem für Magda aufgeräumten Zimmer umher und spreche der Umgebung meine allgemeine Anerkennung aus. Liegend finde ich, daß der, der hier lebt, wohl lebt, und ich beneide ihn ein wenig um seine Gelassenheit und um sein Verstecktsein. Ich liege still, ich trinke ein paar Schlucke Wein und denke: So müßte man immer leben dürfen.

Kaum etwas von dem, was Eltern, Lehrer und Nachbarn vorlebten, stellte sich als nachahmenswert heraus. Deswegen mußte alles, was andere sagten oder forderten, erst auf verschwiegene, dann auf offene Weise bezweifelt werden. Am Untersuchungsverfahren gegen das bürgerliche Leben nehme ich bis heute teil und bin zugleich verwundert über die Hartnäckigkeit meines

Vorbehalts; niemals habe ich so lange argwöhnisch sein wollen.

In der vergangenen Nacht träumte mir, meine Eltern seien mit mir in eine neue Wohnung gezogen. Sie wiesen mir ein Zimmer zu, in dem schon ein Bett für mich stand. Ich sah, daß das Bettlaken mit eingetrockneten Urinflecken übersät war. Am Kissen und an der Bettdecke haftete Sägemehl. Als die Zeit dafür gekommen war, ordnete Vater an, daß ich zu Bett gehen solle. Ich ekelte mich, aber ich entkleidete mich und legte mich in das Bett. Und obwohl ich vor Schreck erstarrt war, lächelte ich vom Bett aus Vater zu und spürte das Glück, seinem Willen gefolgt zu sein.

Gern liege ich im Zimmer auf meinem Bett und schaue einer nicht vorhandenen Frau dabei zu, wie sie etwas sucht oder das Zimmer aufräumt; dann sehe ich ein nicht vorhandenes Kind, das auf dem Boden herumkrabbelt und mit kleinen Gegenständen spielt. Ich betrachte die kleine Familie, und während des Schauens schieben sich vor die erfundenen die bekannten Bilder der Eltern, und dann verstehe ich plötzlich wieder, warum es nach der wirklichen nur noch eine erfundene Familie geben kann.

Heute denke ich, Vater hat nicht geglaubt, Onkel Albert werde ihm das Geld, das er für den Aufbau einer Fabrik benötigte, einfach schenken. Aber er hat sicher damit gerechnet, Onkel Albert werde das Geld problemlos beschaffen und es ihm auf Treu und Glauben überlassen. Eines Tages, wenn Vater ein gemachter Mann wäre, würde er das Darlehen zurückzahlen. Bis dahin sollte Onkel Albert, von Vaters Redlichkeit überzeugt, warten. Vaters Neigung, sich Komplikationen vorzustellen, war gering, und sein Talent, diesen Komplikationen angemessene Handlungen zu finden, war noch geringer. Dabei sah Onkel Albert in Vaters Erfindung eine zukunftsreiche Sache. Er war deswegen bereit, Vater einen günstigen Kredit zu besorgen. Außerdem hatte er angeboten, daß ihn die Bank in allen unternehmerischen Angelegenheiten unterstützte und beriete. Und das bedeutete, daß Vaters Fabrik außer einem technischen (Vater selber) auch einen kaufmännischen Direktor brauchen würde, einen fähigen Betriebswirtschaftler, der mit Banken und Lieferfirmen, mit Auftraggebern und Akquisiteuren verhandeln und danach, in Zusammenarbeit mit Vater, die richtigen unternehmerischen Entscheidungen fällen würde. Von all diesen Dingen verstand Vater nichts. Vermutlich glaubte er, es sei auch nicht nötig, von ihnen etwas zu verstehen. Als seine Erfindung fertig vor ihm stand, erblickte Vater zum erstenmal die Dimensionen eines *Unternehmens*. Ich fürchte, er erblickte sie und verschloß sofort die Augen vor ihnen. Denn plötzlich war er gezwungen, sich viele Einzelheiten vorzustellen, die in seinem Denken bis dahin keine Rolle gespielt hatten. Aus einem Bastler sollte ein Unternehmer werden. Zu dieser Zeit, denke ich, wurde Vater in großem Stil ratlos. Wie sollte er, zum Beispiel, an einen kaufmännischen Direktor herankommen? Vater kannte keinen kaufmännischen Direktor, erst recht keinen, dem er vertrauen konnte. Er war gewohnt, sein Glück allein zu machen. Er wußte nicht einmal, welche Aufgaben ein kaufmännischer Direktor hatte und ob der Mann, den er einzustellen hatte, gut war oder nicht, und wie er das feststellen sollte. Die Maschinenfabrik GEMA sollte die Serienproduktion aufnehmen, aber zugleich sollte sie eine kleine Werkstatt bleiben, in der Vater jederzeit über den Verbleib jeder Schraube und jeder Dose Schmierfett Bescheid wüßte. Und wenn Vater die Entwicklung zu einem Großbetrieb hätte zulassen können, dann hätte er auch hinnehmen müssen, daß er nicht mehr jeden Winkel dieses Betriebs überblicken könnte; er hätte lernen müssen, daß es Unfähigkeit und Schlamperei gibt, die man nicht lieben, die man aber dulden können muß. Und er hätte das Allerschwerste einsehen müssen: daß die Arbeitsamkeit, mit der er selbst so reichlich gesegnet war, nicht auf alle Menschen gleichmäßig verteilt ist. Für alle diese einfachen und doch schwierigen Einsichten hätte es eines riesigen Mutes bedurft, den er nicht hatte. Es war das erste Mal, daß er nicht vor seiner Erfindung, aber vor ihren Folgen zurückschreckte. Er hatte bisher immer nur Umgang mit kleinen Geldbeträgen gehabt, und er hatte nicht bemerkt, daß die kleinen Summen auch sein Vorstellungsvermögen wenn nicht klein gemacht, so doch klein gehalten hatten. Nach Mutters Tod fiel mir ein schwarzes Heft in die Hände, in dem ich nur blättern kann, wenn ich mich besonders widerstandsfähig fühle. In dieses Heft trug Vater die Ausgaben für die Familie ein. Jede Schuhreparatur, jeder Besuch beim Friseur, jedes Trinkgeld, ja sogar der Kauf von Socken, Krawatten und Geburtstagskärtchen ist darin verzeichnet. Es steht auch darin, wieviel Taschengeld Mutter monatlich zur Verfügung hatte und daß sie dieses Taschengeld «vor ihrem Gewissen verantworten» sollte. Wo sollte ein Mann, der ein lächerliches Taschengeld mit der Gewissensfrage verknüpfte, die Weitsichtigkeit des Denkens hernehmen, die für die Führung eines Betriebs nötig ist?

In meinem Arbeitszimmer hängt ein Foto, das ich oft anschaue. Es entstand Ende der zwanziger Jahre und zeigt meinen damals eindrucksvollen jungen Vater. Er steht vor einem kleinen lichten Wäldchen und ist elegant gekleidet. Er trägt einen Paletot und schmale, gestreifte Hosen. Das linke Bein ist ein wenig nach vorne gestellt. Mit der rechten Hand stützt er sich auf einen Stock, den er leicht von sich abgestellt hält. Seine Erscheinung entspricht dem damals verbreiteten Klischee vom jungen Mann. So wie er waren die besseren Herren gekleidet. Nur war Vater kein besserer Herr, sondern ein von Arbeitslosigkeit umhergetriebener Mechaniker, der auswärtige Montage-Aufträge annehmen mußte, um seinen Lebensunterhalt verdienen zu können. Während eines auswärtigen Arbeitsaufenthaltes ist ein weiteres Foto entstanden, eine betörende Studioaufnahme, die gleich mehrere Verwechslungen zuläßt.

Der makellose Ernst und die kommende Bedeutsamkeit dieses jungen Mannes sind nicht in Zweifel zu ziehen. Vater trägt einen dunklen, vorne leicht geöffneten Anzug. Darunter ist eine dunkle, zweireihige Weste sichtbar. Auf der rechten Seite der Weste hängt aus einer Brusttasche die Schmuckkette einer goldenen Taschenuhr heraus. Aus der Anzugtasche ragt ein helles seidenes Tuch. Das Bild ist in angenehmen Rot- und Brauntönen gehalten. Vaters Gesichtsausdruck ist sanft und energisch. Auf diesem Bild kann Vater alles sein oder werden, ein Philosoph oder ein Stahlmagnat, ein Lyriker oder ein Textilfabrikant, ein Filmschauspieler oder ein Erbe, ein Liebhaber oder ein Hausbesitzer. Beide Fotos, das Wäldchenbild und die Studioaufnahme, hat Vater sehr geliebt. Sie lagen in seiner Schreibtischschublade; wann immer er sich als aufstrebenden jungen Mann zu sehen wünschte, zog er die Schublade auf und betrachtete die alten Bilder. Erst viel später entdeckte ich, daß solche makellosen Selbstbilder in den zwanziger und dreißiger Jahren unter jungen Menschen sehr verbreitet waren. Besonders Arbeiter, kleine Angestellte und Ladenmädchen drängten in die Fotoateliers, um einen Schein von sich herstellen zu lassen und diesen Schein ein Leben lang als inneres Monument aufzubewahren. Die einfacheren unter ihnen sind auf ihre eigene Bildwirkung hereingefallen. Die von den Fotos ausgehende Verführung, in der äußeren Makellosigkeit das die Zukunft bestimmende Zeichen zu sehen, ist fast unwiderstehlich. Die Wirkung ist auf den Dargestellten so beflügelnd, daß er zwischen Erfolg und Erfolgsdarstellung immer weniger unterscheiden mag. So täuschte sich der Abgebildete darüber hinweg, daß Schwierigkeiten auf ihn zukommen würden, die mit tadelloser Kleidung nicht zu bestehen waren, die mit Kleidung nicht einmal etwas zu tun hatten. Zwischen dem diskret lächelnden Mann im Paletot, der mein Vater war, und dem erheblich ausdrucks- und sprachgehemmten Kleinbürger, der ebenfalls mein Vater war, gibt es keine Verbindung. Und weil Vater mit Umständen, in die er gemäß seines Selbstbildes niemals hätte geraten dürfen, nicht zurechtkam, betrat er niemals die Bank, in der Onkel Albert öfter gute Worte für ihn eingelegt hatte. Vater wollte nicht jemand sein, der öffentlich eingestand, daß er Hilfe brauchte. Er war der Mann im Paletot! Er haßte Situationen, in denen er sein sprachliches Ungeschick, seine Unkenntnis in kaufmännischen Angelegenheiten und seine leicht bäuerlich-proletarischen Verhaltensweisen hätte zeigen müssen. Wenn er sich sehr angestrengt hätte, hätte er alles, was ihm fehlte, für die Dauer einer Kreditverhandlung kaschieren können. Schon diese Überwindung setzt voraus, daß er mit sich selbst einig hätte werden können, daß die Gewährung eines Kredits eine solche Verstellung lohnte. Aber es gab etwas, was er durch keine Camouflage hat verbergen können, etwas niederschmetternd Einfaches und zugleich unüberwindbar Schweres. Ich glaube, Vater hat nicht gewußt, *wie* er die Halle einer Bank betreten sollte, ohne sich zu schämen. Sein Leben lang hat Vater jede Handlung vermieden, für die auch nur ein Mindestmaß an Selbstdarstellung und also Repräsentation nötig war. Er sprach nicht mit unseren Lehrern, wenn mein Bruder oder ich Schwierigkeiten in der Schule hatten, er besuchte keine Behörde, er betrat nie einen Versammlungssaal, er verweigerte den Kontakt mit Verwandten, er mied die Wohnungen von Nachbarn. Wessen er sich im Innersten schämte, durfte nie bekannt werden: Sich schämen heißt an einem Sprechverbot leiden. Zu fürchterlich war für Vater die Vorstellung, durch eine der fünf oder sechs Schwingtüren die Schalterhalle der Bank zu betreten und nach der Kreditabteilung fragen zu müssen. Zu demütigend sein Argwohn, daß sich die Angestellten der Bank sogleich hätten fragen können: *Diesem* Mann sollen wir einen Großkredit geben? Und noch peinvoller die andere Frage: *Dieser* Mann soll ein Erfinder sein? Von all diesen ausphantasierten und deswegen vorweg erlittenen Peinlichkeiten blieb nur übrig, daß Vater stur und allein weiterarbeitete und wahrscheinlich hoffte, die Arglosigkeit der Arbeit selbst werde die Probleme lösen helfen. Das Sprechverbot der Scham schloß ein, daß er Onkel Albert nicht sagen konnte, warum er die Kreditverhandlungen nicht aufnahm. Die Regelung, die Vater statt dessen fand, entsprach der Herrschaft der Pein: Wir besuchten Onkel Albert nie wieder. Zwischen der Familie Onkel Alberts und unserer Familie war nichts vorgefallen, aber Onkel Albert fuhr nie wieder mit seinem Auto vor unserem Haus vor. Nie wieder saßen wir in dem hohen, würdigen Wohnzimmer Onkel Alberts. Ganz auf sich allein gestellt baute Vater ein zweites Exemplar seiner Maschine. Und es gelang ihm sogar, einen Interessenten zu finden, der ihm die erste Maschine abkaufte und sie ihm in drei Raten bezahlte. In Vaters schwarzem Heft sind die plötzlichen, unerhörten Einnahmen korrekt verzeichnet. Das Geld kam nicht dem Hausbau und nicht unserem Lebensstandard zugute. Das Haus blieb ein unfertiges Haus. Vater brauchte das Geld, um Material für die zweite Maschine anzuschaffen. Der Verkauf der ersten Maschine war für Vater wie eine Blendung. Jetzt glaubte er erst recht, daß er keinen Kredit brauchte, keinen eigenen Betrieb, keine Arbeiter und Angestellten. Es genügte, wenn *er* sich der Sache annahm. Kurzfristig hatte ihn das Glück gestreift und eine Menge neuer falscher Überzeugungen in ihn eingepflanzt. Wo stand geschrieben, daß er pro Jahr zehn oder zwanzig Maschinen herstellen mußte? Zwei oder drei genügten auch. Und wer bestimmte, daß er einen eigenen Betrieb aufbauen mußte? Es war ausreichend, in einer Firma angestellt zu sein und am Feierabend an seiner persönlichen Zukunft zu arbeiten. Er würde auf einem viel umständlicheren, für ihn aber stets überblickbaren Weg langsam und stetig vorankommen. Der Segen seiner Arbeit sollte nicht über Nacht, sondern mit der unabweisbaren Zähigkeit eines Mannes, der an seinen Träumen und an seinen Fehlern festhielt, in unsere Familie eindringen. Vater hatte es geschafft, sich seine Verhältnisse im Kopf so hinzuordnen, daß er nichts aus ihnen zu lernen hatte. Er war wieder der Mann im Paletot geworden.

Erst Wochen später, als das Ereignis längst eingetreten war, bemerkte ich, daß Vater arbeitslos geworden war. Die Firma, bei der er seit Kriegsende angestellt gewesen war, hatte überraschend Konkurs anmelden müssen. Vater, der so selten zu Hause war, saß jetzt immer öfter in der Küche und starrte auf das Wachstuch, das auf dem Küchentisch lag. Manchmal erhob er sich, öffnete die Tür des Eisschranks und schloß sie wieder. Oder er trat an das Fenster, schaute ein wenig hinaus und setzte sich wieder. Die Maschine, das Haus, die Arbeit, alles schien verschwunden zu sein. Was wirklich geschehen war, wurde nicht bekannt. Das Sprechverbot der Scham war total geworden. Vater redete nicht und jammerte nicht. Meine Enttäuschung war so stark, daß ich mich nach nichts erkundigen konnte. Ich hatte schon damit angefangen, bei Nachbarskindern und in der Schule mit dem bevorstehenden Aufstieg unserer Familie zu prahlen. Auf Zetteln und in meine Schulhefte hatte ich immer wieder das Firmenzeichen GEMA gezeichnet und herumgezeigt. Ich hatte ein Datum für den Umzug unserer Familie in das neue Haus erfunden. Ich hatte Pläne für die Anschaffung der notwendigsten Dinge aufgestellt und ich wußte, wohin wir in Urlaub fahren würden, die ganze Familie. Statt dessen griff das Sprechverbot nun auf mich über. Vater behielt seine Gewohnheiten bei und stand weiterhin früh morgens um fünf Uhr auf. Er frühstückte allein und las allein die Zeitung. Wenn ich morgens um sieben in die Küche kam, um mich für die Schule fertig zu machen, beobachtete mich neuerdings ein Mann, der mein Vater war. Seit kurzem hatte ich mehr Geld als er. In einem Kaufhaus hatte ich einen Aushilfsjob gefunden; an zwei Nachmittagen in der Woche klebte ich auf Strumpfpackungen die Preisschildchen auf, half in der Warenannahme und sortierte Rechnungen. Das Geld, das ich dafür erhielt, gab ich teilweise an Mutter weiter, weil Vaters Arbeitslosenunterstützung nicht ausreichte. An manchen Tagen hatte Vater nicht eine Mark in der Tasche. Ich hatte Zigaretten, er hatte keine. Meine Schreibmaschine war plötzlich das einzige, was von der GEMA übriggeblieben war. Auf dieser

Schreibmaschine tippte ich jetzt Vaters Bewerbungsbriefe. Ich machte Vater nicht mehr auf seine Fehler aufmerksam. Ich tippte, was er verlangte, und schwieg. Ich wollte nichts mehr wissen von seiner grotesken Zurückgebliebenheit. Zwei- oder dreimal in der Woche schickte mich Mutter in eine großes Fischgeschäft, in dem viele Essigeimer und Gurkenfässer standen. Ich kaufte vier starre Heringe und trug sie in Zeitungspapier eingewickelt nach Hause. Unterwegs öffnete ich die Packung und betrachtete die schöne, goldbraune Haut der geräucherten Fische. Der Anblick war das beste von ihnen. Das öde Essen verstärkte das Schweigen. Über Vaters Erfindung und über das Haus durfte nicht gesprochen werden, über Vaters Arbeitslosigkeit und über unsere Zukunft noch weniger. Ich beneidete meine Schwester; sie hatte überraschend geheiratet und hatte nicht nur die Eltern, sondern auch ihre Kindheit, die Wohnung und die Stadt verlassen. Ich begann, mich nach der Totalität eines solchen Verschwindens zu sehnen. Nach einiger Zeit fand Vater eine neue Stellung. Jetzt konnte er wenigstens damit aufhören, aus Scham schon kurz nach dem Abendbrot zu Bett zu gehen. Manchmal, an Wochenenden, wenn Peter Frankenfeld oder Hans Joachim Kulenkampff ihre Sendungen hatten, saß auch Mutter vor dem Fernsehapparat. Ich wunderte mich, daß Mutter sich lebhaft in Personen einfühlte, die ihr nicht nahestanden, die sie nicht einmal kannte. Sie warb um Verständnis für Marika Rökk, weil sie noch mit sechzig oder fünfundsechzig im Fernsehen tanzte. Und wenn Peter Frankenfeld zu Quizteilnehmern überheblich war, verteidigte Mutter auch ihn; jemand, der so einfallsreich war wie er, durfte zu weniger begabten Menschen ruhig herablassend sein. In ihren Mann, der eineinhalb Meter neben ihr saß, fühlte sie sich nicht ein. Ich glaube, Vater hat nicht bemerkt, daß fremde Fernsehkünstler die Gefühle seiner Frau aufbrauchten. Er war schon froh darüber, daß sie überhaupt wieder einmal neben ihm saß und sich bei den gleichen Gelegenheiten amüsierte wie er. Vielleicht hatten sie ein Innenleben; ein Leben hatten sie nicht mehr. Ich wußte damals nicht, daß sich in unserem Wohnzimmer zwei Exemplare eines Jahrhunderttypus ausbildeten: Menschen, die mit Hilfe des Fernsehens die Fatalität ihres Lebens aushielten. Als Kind glaubte ich, das Fernsehen sei schuld an der Zerstörung unserer Familie. Erst später war zu erkennen, daß die Reihenfolge umgekehrt war: Zuerst erloschen die Menschen, dann kam das Fernsehen und unterhielt die Erloschenen. Meine Verachtung bewegte sich auf ihren Höhepunkt zu. Wenn es mir möglich gewesen wäre, hätte ich mich nach einer anderen Familie umgesehen. Ich war kaum noch zu Hause. Nach der Schule ging ich entweder in das Kaufhaus, um zu arbeiten, oder ich streunte in der Stadt umher. Am Abend traf ich mich mit meinem Freund. Wir stromerten durch das Viertel, rauchten und lernten unsere ersten Freundinnen kennen. Ich hatte das Gefühl, mich von den Eltern losgesagt zu haben. Ich war nicht sicher, ob sie es bemerkt hatten. Sie fragten mich nicht, wo und mit wem ich die Abende verbrachte. Daß ich manchmal nach Alkohol roch, mußte ihnen entgehen; denn wenn ich spät nachts nach Hause kam, lagen sie in den Betten und schliefen. Sie hatten nichts dagegen, daß ich mir die Haare lang wachsen ließ. Ich fühlte mich extrem verlassen und lebte tageweise auf der Kippe zur Verwahrlosung. Obwohl ich glaubte, die Eltern verlassen zu haben, ertrug ich kaum den Gegengedanken, daß auch sie mich verlassen oder vergessen haben könnten. Ich kam nur noch in ihre Wohnung, um zu übernachten. Ich fragte sie nicht, was ich zu tun oder was ich zu lassen hatte. Auf dem Rummelplatz hingen an manchen Buden und Fahrgeschäften kleine Schilder mit der Aufschrift: JUNGER MANN ZUM MITREISEN GESUCHT. Die Versuchung, über Nacht zu verschwinden und einer der jungen Männer zu werden, die auf fahrende Auto-Scooter aufsprangen und das Fahrgeld kassierten, trat so dicht an mich heran, daß ich zu weinen anfing. Aber ich verschwand nicht, ich kam immer wieder zurück und beobachtete die Verhältnisse mit einer mir heute unbegreiflich erscheinenden Langmut. Ich gab Vater ein paar Zigaretten und blickte kurz in das tagsüber verdunkelte Schlafzimmer, in dem Mutter lag. Manchmal drehte sie sich zu mir um, manchmal nicht. Ich fragte, ob ich etwas für sie tun könne, und zuweilen sagte sie, ich solle ihr Kopfwehpulver und Himbeerbonbons kaufen. Kopfwehpulver und Himbeerbonbons! Ist das nicht die Bestellung eines alten Kindes? Ich erledigte den Auftrag und verließ danach wieder die Wohnung. Aber immer nur für einen Tag. Am folgenden Tag war ich wieder da und schaute, ob sich das Leben nicht doch verändert hatte. Ich wußte damals nicht, daß einfache Menschen von ihren Enttäuschungen vernichtet werden können. In mir bildete sich eine Wut, die groß, sprachlos und unangemessen war. Weil ich sie nicht ausdrücken konnte, häuften sich Vergeltungsträume und Rachebilder. Einer der Träume ging so: Vor dem Gesicht von Mutter fliegt eine Wespe. Ich will das Tier mit einer zusammengelegten Zeitung vertreiben. Ich ziele mit der Zeitung auf die Wespe, aber ich treffe das Gesicht der Mutter. Mutter sagt, daß ich gar nicht die Wespe vertreiben, sondern sie schlagen wolle. Ich streite diese Absicht ab und weiß doch, daß ich erkannt worden bin. Wie von einem Schuß getroffen sinke ich um.

Ein einziges Mal ist Mutter von ihrem Mann tätlich angegriffen worden. Was dabei wirklich geschah, weiß ich nicht. Mutter kaufte sich ein kleines Notizbuch und beschrieb darin den Übergriff. Aber sie hielt es nicht lange aus, ein Notizbuch mit einer solchen Beschreibung zu besitzen; sie vernichtete es nach der ersten Eintragung.

Immer wieder stand Vater in der Küche und rieb sich den Rücken am Türrahmen. Ich hatte keinerlei Erklärung für dieses Verhalten. Zwanzig Jahre später sah ich im Frankfurter Zoo, wie Tiere ihre Körper an harten Kanten oder Pfosten rieben. Noch viel früher, als mein Bruder und ich noch sehr klein waren, ließ sich Vater auch von uns frisieren. Vater setzte sich auf einen Stuhl, und wir durften ihm die Haare kämmen, wie wir wollten. Von Zeit zu Zeit traten mein Bruder und ich ein wenig von ihm zurück und lachten über sein groteskes Aussehen. Wir nutzten die Gelegenheit, denn es war in unserer Familie sonst nicht erlaubt, über den Vater zu lachen. Reglos saß er auf dem Stuhl und ließ sich unser Gelächter gefallen.

Seit Tagen regnet es. Von Zeit zu Zeit rücken Feuerwehrautos aus und bleiben vor Häusern mit überschwemmten Kellern stehen. Männer springen von den roten Wagen herunter, verlegen lange Schläuche und pumpen das Wasser heraus. Kinder in Wasserstiefeln waten durch große Pfützen und beobachten dabei die Langsamkeit ihrer Schritte. Der Main ist über seine Ufer getreten. Die Eisengeländer an den Kaimauern ragen aus der Strömung heraus. Von den Uferbänken sind nur noch die Lehnen zu sehen. Die Sandsteintreppen, die von der Straße auf das Ufervorland herunterführen, enden im Wasser. Zwei Stadtstreicher gehen am Mainkai entlang und suchen ihre unauffindbar gewordenen Schlafplätze. Enten sitzen ruhig auf dem Wasser und lassen sich von der ungewohnt hohen Geschwindigkeit des Flusses vorübertragen. Ein starker Wind streicht über das Wasser und kräuselt da und dort seine Oberfläche. Seit zwei Tagen trage ich einen Brief an Magda mit mir herum. Es fehlt nur noch eine Briefmarke, dann kann er auf die Reise gehen. Aber es ist mir zur Zeit nicht möglich, ein Postamt zu betreten. Ich habe schon einen Versuch hinter mir; es ging nicht. Es genügt, daß ich vom Eingang der Schalterhalle aus die Postbeamten sehe, die in ihren engen, fahl erleuchteten Glaskabinen nebeneinander sitzen. Ich hatte sofort das Gefühl, daß sie von Jugend an Postbeamte hatten werden wollen und daß sie froh sind, es wirklich geschafft zu haben. Sie tragen die blauen und braunen Pullover, die ihre Ehefrauen gestrickt oder in Kaufhäusern gekauft haben, und dennoch sehen die Pullover aus, als seien sie alle im gleichen Materiallager der Post bestellt worden. Magda hat verstehen können, daß ich an manchen Tagen nicht die Widerstandskraft habe, die in solchen Schalterhallen nötig ist. Es müßte jemand vorbeikommen und mir eine einzelne Briefmarke verkaufen wollen. Dabei weiß ich nicht, ob es wirklich gut ist, an Magda einen Brief zu schreiben. Sie verließ mich mit dem Vorwurf, daß sie mein immer wieder auftretendes Bedürfnis nach tagelangem Alleinsein nicht mehr ertragen könne. Sie hatte in diesen Augenblicken vergessen, daß sie dieses Bedürfnis selbst hatte und oft noch länger allein sein wollte als ich. Vielleicht sollte ich den Brief lieber in den Main werfen und ihm so lange nachschauen, bis ich ihn nicht mehr sehen kann. Noch besser wäre, in einem kleinen Boot neben dem Brief herzufahren und dabei zuzuschauen, wie das Wasser die Tinte langsam auflöst. *Liebe Magda.* Ich höre das leise Schwappen und Schlappen des Wassers am Ufer und schaue an den Wohnhäusern hoch, die am Mainkai stehen. Auf einem Balkon, der mit einem Eisengitter eingefaßt ist, steht ein kleiner Junge auf einem Bein und schaut zu mir herunter. Sein anderes Bein hat er nach hinten hochgebogen und hält es mit einer Hand fest. Es ist, als hätte der Junge soeben die Langeweile der Regentage entdeckt und wollte dafür mit der Aufmerksamkeit wenigstens eines Menschen belohnt werden. Ich will ihm diese Aufmerksamkeit schenken und bleibe stehen und schaue zu ihm hoch. Jetzt hüpft der Junge sogar auf einem Bein. Die Art, wie der Junge die Langeweile in deren Vorführung verwandelt, gefällt mir sehr gut. Da öffnet sich die Balkontür hinter ihm, eine Frau, wahrscheinlich die Mutter, erscheint und heißt den Jungen, in die Wohnung zu kommen. Er läßt sein hochgebogenes Bein los, lehnt sich kurz an das Eisengitter und winkt, bevor er in die Wohnung verschwindet, kurz zu mir herunter. Die Mutter muß das Winken bemerkt haben. Jetzt betritt sie den Balkon und schaut sich an, wem ihr Junge gewunken hat. Sie kennt mich nicht, sie hat mich nie gesehen. Ich habe Lust, einen einzigen Satz den Balkon hochzurufen, der uns alles erträglich macht, aber ich kann den Satz in der Eile nicht finden. Die Frau sieht mich an wie einen Ertappten, dessen Vergehen noch erfunden werden muß. Erst als ich in Richtung Kurt-Schumacher-Straße weiterziehe, geht sie in die Wohnung zurück. Von rechts kommen mir die beiden Stadtstreicher entgegen. Sie gehen ein wenig zu schnell und verbergen nicht ihre Nervosität. Niemals haben sie damit gerechnet, daß sogar eine Bleibe unter freiem Himmel verlorengehen kann. Unterhalb der Brücken gibt es nur Schlamm und angeschwemmten Unrat. Erst jetzt, als die beiden an mir vorübergehen, bemerke ich, daß einer der beiden eine Frau ist. Sie hat ein aufgequollenes Gesicht und um das Kinn herum Ansätze eines kleinen Barts. Ich drehe mich nach ihnen um und sehe, daß die Frau nach ungefähr fünfzig Metern versucht, den Mann zu küssen. Er stößt sie mit einer groben Bewegung zurück, worauf die Frau in ein Lachen ausbricht. Rasch biege ich in die Kurt-Schumacher-Straße ein und gehe in Richtung Konstabler Wache. Aus dem gleichen Grund, weshalb ich heute kein Postamt betreten kann, muß ich heute auch Warenhäuser, Museen, Cafés, U-Bahnen, Passagen und Haltestellen meiden. Überall werden Menschen sein, die auf unheimliche Weise zu ihrem Ort passen. Über dem Eingang des Dominikanerklosters hängt ein weißes Stofftransparent mit der Aufschrift 3. OBERHESSISCHER ERZEUGERMARKT. Ich überquere die Straße und betrete den Innenhof des ehemaligen Klosters, und das erste, was ich sehe, sind Schafe, Ziegen, Gänse und Hühner, die in kleinen Gattern ruhig beieinander stehen. Erst jetzt, beim Anblick der Tiere, verläßt mich die Scham über den aufgedrängten Kuß der Stadtstreicherin. *Liebe Magda.* Um die Gatter herum sind Marktstände aufgebaut, auf denen Landbrot, Käse, Fleisch, Marmelade, Honig, Wurst, Eier, Wolle und Trockenfrüchte verkauft werden. Im Gatter der Schafe sind zwei kleine Lämmer, die ihre Köpfe zwischen den Zaunbrettern herausstrecken. Ein Kind drängt sich an die Lämmer heran und traut sich dann doch nicht, die Tiere anzufassen. Die Mutter stellt ihre Plastiktüten ab, packt die weichen Ohren der Lämmer und stößt einen Laut des Entzückens aus. Aber das Kind bleibt vorsichtig und ahmt die Mutter nicht sofort nach. Erst als das von der Mutter bereits berührte Lamm das Handgelenk der Mutter leckt, ist das Kind von der Harmlosigkeit des Tieres überzeugt. Jetzt gräbt es seine eigene kleine Hand in das Fell des Lamms und lacht das Tier wie einen Menschen an. Das Kind spielt eine Weile mit dem Lamm, die Mutter schaut auf ihren Einkaufszettel und ordnet sich den Schal. Nach ein paar Minuten wischt sie dem Kind die Hände ab und verläßt mit ihm den Markt. Wie von selbst laufe ich den beiden nach. Ich bin sicher, daß sie in der einzig möglichen Form von Zufriedenheit leben: in der unausdrücklichen. In Höhe der Konstabler Wache biegen die beiden nach links in die Zeil ein. Die Frau trödelt an den Obstständen in Höhe der Stiftstraße vorbei und zieht das etwas lahmere Kind hinter sich her. Ich weiß nicht recht, warum ich der Frau folge, ich kenne sie nicht und will nichts von ihr. Durch ihre feinen Strümpfe hindurch sehe ich, daß sie helle, fast weiße Beine hat. Und ich habe Lust, meine Hände eine Weile in ihre weißen Kniekehlen zu legen und dabei in einen Wald zu schauen. Ich will das nicht wirklich, es ist nur ein Einfall während des Gehens. Eine Weile stelle ich mir vor, wie die Frau am Abend mit ihrem Mann zusammensitzt und ihm die Erlebnisse des Tages erzählt. Ich erfinde ein paar der Sätze, die sie zu ihm sagen könnte. *Das Kind hat nicht glauben wollen, daß wir das Lamm nicht mit nach Hause nehmen dürfen.* Ich staune über das Kind, weil es nicht ein einziges Mal Lust empfindet, einen der vorübergehenden Menschen anzufassen wie ein Lamm. *Neben uns stand ein Mann, der das kleine Tier auch gerne berührt hätte, aber er traute sich nicht.* Durch die Erfindung der Sätze bin ich der Frau plötzlich so nah, daß ich mich von ihr trennen muß. Mit der Straßenbahn fahre ich nach Hause. Den Brief an Magda nehme ich aus meiner Manteltasche und verstaue ihn in einer Schublade.

In der Chemischen Reinigung, zu deren Kunden ich seit Jahren zähle, ist ein kleines Unglück geschehen. Drei meiner Hemden, die ich vor ungefähr einer Woche hier abgegeben habe, sind zwar ordentlich gereinigt und verpackt worden, jetzt aber nicht auffindbar. Das gibt es nicht! ruft die Besitzerin der Reinigung immer wieder aus und beginnt von neuem, in den Stapeln mit den zur Abholung bereiten Hemden nach meiner Einlieferung zu suchen. Dabei fällt mir ein, daß Mutter mich nach Vaters Tod beauftragt hat, Vaters Hemden «aufzutragen». Ohne meine Antwort abzuwarten, verstaute sie Vaters Hemden in drei Plastiktüten und übergab sie mir. Erst danach lehnte ich mit ruhiger Stimme Mutters Ansinnen ab. Jetzt sage ich eilig, daß ich in einer Woche noch einmal nach meinen Hemden fragen werde, und verlasse rasch den Laden. Draußen wische ich mir den schnell ausgetretenen Schweiß von der Stirn. Für ein paar Augenblicke bin ich dem Schreck meiner Sterblichkeit so nahe, daß ich eine mir entgegenkommende Frau bitten möchte, sich eine halbe Stunde mit mir zu unterhalten. Dann aber schiebt sich die Frau plötzlich einen Orangenschnitz quer in den Mund, und dieser Anblick ist es, der sie für jedes Gespräch ungeeignet erscheinen läßt.

In dieser Zeit bemerkte ich zum erstenmal, daß es etwas gab, was mir half: das Schreiben. An Sonntagnachmittagen saßen Vater und ich manchmal miteinander am Tisch, und Vater bemerkte nicht, daß ich vieles von dem, was er machte oder nicht machte, auf der Stelle niederschrieb. Vater glaubte, daß ich meine Schularbeiten erledigte, und fand mein Schreiben deswegen nicht auffällig. Er saß da und blätterte in einer Illustrierten. Blätterte er die Seiten zu schnell um, schrieb ich: Er ist unfähig, sich für ein Thema zu interessieren. Blätterte er die Seiten langsam um und beugte sich gar über ein Bild, lautete mein Urteil: Er interessiert sich für die Banalitäten einer Illustrierten. Ich bemerkte damals nicht, daß ich mir durch diese Art der Distanzierung selber eine verächtliche Art des Empfindens aneignete. Vater hatte das größte Verbot, das es damals für mich gab, nicht beachtet: das Verbot, mich zu enttäuschen. Nach einer Weile blickte er von der Illustrierten hoch und schimpfte über amerikanische Filmschauspieler, weil es diesen erlaubt oder möglich war, drei- oder viermal zu heiraten. Ich blickte Vater an und schwieg. Ich verstand nicht, wie es möglich war, daß ihn ein solches Thema beschäftigte. Ich beugte mich über meine Papiere und schrieb ein paar empörte Sätze darüber nieder, daß ein Mann, der doch ein Erfinder war, sich für die Ehen törichter Filmschauspieler interessierte. Eine halbe Stunde später legte Vater den Kopf auf die aufgeschlagene Illustrierte und schlief ein. Unter den Bewegungen seines Kopfes knautschte das Papier der Illustrierten. Es genügte ein geringes Geräusch, dann wachte Vater wieder auf. Er schreckte hoch und faßte unwillkürlich nach der Illustrierten. Er blickte mich an und warnte mich mit schläfriger Stimme vor den Frauen. Frauen hindern Männer daran, das zu tun, was sie tun wollen, sagte er. Danach erhob er sich, legte sich im Wohnzimmer auf die Couch und schlief dort weiter.

Nach ein paar Wochen traf der letzte Brief des Deutschen Patentamtes ein. Auf etwa zweieinhalb Schreibmaschinenseiten teilte das Amt mit, daß Vaters Maschine einer anderen, bereits existierenden Maschine so ähnlich beziehungsweise in vielen Teilen gleich war, daß seiner, Vaters Maschine ein Patent nicht zuerkannt werden könne. Vater hatte eine Maschine erfunden, die es schon gab! Ich frage mich, warum ich so lange gebraucht habe, diesen Satz hinzuschreiben. Jetzt geht es ganz leicht. Nach diesem Brief hat sich Vater nicht mehr an sein Reißbrett gesetzt. Zeichenkartons, Zirkel und Lineal rührte er nicht mehr an. Alles, was von seinem Traum übrigblieb, war sein schöner Werkzeugkasten, den er im Keller aufbewahrte. Von Zeit zu Zeit zog Vater seine alte Arbeitskluft an und besuchte im Keller den Schatten seines Traums. Manchmal sah ich ihn, wenn ich am frühen Abend nach Hause zurückkehrte und mein Fahrrad in den Keller einschob. Er stand vor seinem geöffneten Werkzeugkasten und reparierte dies und das, was gerade kaputtgegangen war. Wenn er lange genug in seinem verwirkten Traum umhergeirrt war, schuf er Ordnung. Er faßte die Kartoffeln, die rechts in einer Kiste lagerten, einzeln an und prüfte ihre Güte und Festigkeit. Wenn er eine faule Kartoffel fand, freute er sich und sonderte sie aus. Nach den Kartoffeln widmete er seine Aufmerksamkeit den Briketts. Der Kohlenmann hatte sie achtlos in eine Ecke geschüttet. Jetzt nahm Vater sie einzeln in die Hände und schichtete sie sauber aufeinander. Erst heute fällt mir auf, daß die Schamräume der Eltern, das verdunkelte Schlafzimmer und der verdunkelte Keller, auch die Aufgabe hatten, sie vor den Blicken der Kinder zu schützen. Aber wir wußten damals nur etwas von der eigenen Scham und blickten dreist in die unzureichenden Verstecke. Die Lebensverwirrung des Vaters war, vermute ich, größer als die der Mutter. Fast alles, was die Familie in den folgenden Jahren für den Alltag benötigte, mußte gegen seine radikale Enttäuschtheit durchgesetzt werden. Anfang der sechziger Jahre verlangte Mutter die Anschaffung eines Telefons. Vater widersetzte sich zwei Jahre lang, dann wurde das Telefon beantragt. Sein Argument gegen das Telefon war einfach und durchschlagend; er sagte: Ich rufe niemanden an. Als das Telefon auf dem Schränkchen im Flur stand, rief er tatsächlich niemanden an. Wenn das Telefon klingelte, schreckte er in der Wohnung zusammen, als sei ihm draußen auf der Straße ein fremdes Geräusch zu nahe gekommen.

Ich erinnere mich an einen Traum: Ich bin noch klein und helfe Vater, seine Werkzeuge zu ordnen. Aber ich bin ein Kind und kann ihm nicht helfen, weil ich zu ungeschickt bin. Vater tapst um mich herum und redet etwas, was ich nicht verstehe, weil ich Sprache noch nicht aufnehmen kann. Noch einmal beginne ich, die Werkzeuge zu ordnen. Aber alles, was ich zustande kriege, ist eine Vergrößerung des Durcheinanders. Vater läßt mich gewähren und lacht über mein Ungeschick. Und während er lacht, wächst mein alter Kinderzorn, weil Vater nicht erkennt, daß sich im Inneren meines Ungeschicks ein Verlangen nach Gemeinschaftlichkeit verbirgt, das auf die Ordnung eines Werkzeugkastens nicht angewiesen sein möchte. Und jetzt, während ich mich dieses Traums erinnere, kehren diese unerträglichen Augenblicke zurück, die mich glauben machen, daß ich nur dann weiterleben darf, wenn es mir gelingt, die armen Eltern wiederzubeleben. Die Aufgabe ist unannehmbar. Ich nehme die Brille ab und lege die Fingerspitzen auf die geschlossenen Augen. Durch die Augendeckel hindurch spüre ich, wie es in den Augen klopft. Das Klopfen kommt aus der Tiefe des Körpers und mahnt mich an die Aufgabe, vor der ich gleich flüchten werde.

Ich brauche nur aufzustehen, meine Jacke anzuziehen und wegzulaufen. Schon gehe ich mit leichten Schritten das Treppenhaus hinunter. Auf der Straße wird das Klopfen in den Augen schwächer, ohne ganz zu verschwinden. Ich brauche nur ein paar Schritte zu gehen, dann bin ich im Café Heimatland; es ist ein kleines Kindercafé, das zu diesem Zeitpunkt fast leer ist. Es ist kurz nach vier Uhr. Es kann nicht lange dauern, dann wird hier eine Rentnerin eintreffen, die in der Umgebung wohnt. In der Nähe des Fensters finde ich einen freien Tisch. Die Bedienung bringt mir eine Tasse Kaffee und sammelt die Illustrierten ein, die auf Stühlen zurückgelassen worden sind. Draußen knien zwei Straßenarbeiter auf dem Pflaster und bessern die Fahrbahn aus. Hinter ihnen dampft ein klobiger, schwarzer Teerwagen. Einer der beiden Männer gießt mit einer Zartheit, die ich bei Straßenarbeitern noch nie habe bemerken können, aus einer kleinen Kanne frischen Teer zwischen neu gesetzte Pflastersteine. Schon spüre ich, wie mein Inneres darauf wartet, den dunklen Glanz des Teers immer wieder neu schimmern zu sehen. Doch da betritt die Rentnerin das Café. Sie hat wie fast immer ihre Einkaufstasche dabei, die sie neben ihrem Stuhl abstellt. Die Bedienung kommt hinter der Theke hervor und nimmt mit einer sofort hergestellten Distanziertheit die Bestellung auf. Wie fast immer verlangt die Rentnerin eine Tasse Kaffee und einen Cognac. Da läuft die Szene ab, wegen der ich hier bin: Die Frau öffnet die neben ihrem Stuhl stehende Henkeltasche und entnimmt ihr ein Paar Hausschuhe. Dann zieht sie ihre Straßenschuhe aus und schlüpft in die Hausschuhe. Die Bedienung schickt hinter der Theke ein paar halb verbietende, halb strafende Blicke zum Tisch der Rentnerin, aber die Frau läßt sich nicht beeinträchtigen. In den Hausschuhen geht sie zum Buffet und holt sich die Tageszeitung. Ich denke, die Rentnerin bemerkt nicht, daß sich das kleine Café gegen ihre Art der Verhäuslichung wehrt. Die Bedienung atmet durch und läßt die Espressomaschine zischen. Zwei Schülerinnen kichern kaum verborgen. Trotzdem schlurft die Rentnerin quer durch den Raum und beansprucht schamlos das Recht auf unverständiges Leben. Nur das Aufscheinen dieses Rechts habe ich kurz anschauen wollen. Jetzt weiß ich wieder, daß jedermanns Leben untergehen darf und daß niemandes Leben vor sich selbst gerettet werden muß. Ich trinke meine Tasse leer, winke die Bedienung zu mir, zahle und gehe.

Ein weicher Vorfrühlingswind streicht durch die Stadt. Endlich hat es aufgehört zu regnen. Es ist, als sei das Meer in der Nähe. Ich bemerke, daß auch der Straßenarbeiter Freude am Glanz des Teers empfindet. Nur deswegen kann er sein Kännchen mit dieser Zartheit so dicht über der Straße halten. Ein Hund hat sich neben dem Eingang des Cafés niedergelassen. Sein Kopf liegt am Boden, aber er schaut jeden an, der an ihm vorübergeht. Leider habe ich nicht den Mut, mich neben den Hund zu legen. Der Wind fährt in sein Fell und stellt es kurz auf. Der Wind macht mir Lust, die Arme zu heben, als sei ich wirklich am Meer. Gerade will ich anfangen, mir vor mir selber zu erklären, warum ich die Arme heben will, da kommen mir die Arme zuvor und heben sich schon.

Im Keller, dem einzigen Raum, in dem Vater allein, und das heißt: privat sein durfte, lag an versteckter Stelle ein kleiner Taschenspiegel, in dem sich Vater von Zeit zu Zeit betrachten konnte: unbeobachtet von anderen.

An einem Kiosk kaufe ich eine Zeitung und schlage sie an Ort und Stelle auf. Ich lese ein paar Überschriften, aber ich merke, es macht mir viel mehr Vergnügen, die Seiten mit soviel Druck umzublättern, daß das frische Papier beim Umschlagen knallen muß. Schön ist außerdem, durch das Anfassen der Zeitungsseiten erst graue und dann fast schwarze Fingerspitzen zu bekommen. Besonders an einem nicht mehr richtig kalten Tag wie heute dringt die Druckerschwärze schnell in die Rillen und Poren der Haut ein. Mit meinen düsteren, fast schon eingeschwärzten Händen betrete ich eine

Buchhandlung. Ich will die wunderbar neuen Bücher nicht anfassen und beschmutzen, das nicht. Ich will mir die Bücher nur anschauen und dabei meine eingerußten Finger halb verbergen und halb vorzeigen. Bis ich ein Buch *über* Marguerite Duras entdecke, das mich näher interessiert. Ich bitte eine junge Buchhändlerin, mir das Buch zu zeigen. Sie ist unwillig, weil es nicht zu ihren Aufgaben gehört, die Seiten von Büchern zu öffnen und die Kunden das Druckbild anschauen zu lassen. Ich erwecke ein wenig den Eindruck, als hätte ich für diese einfältigen Tätigkeiten einen zweiten Menschen nötig. Dann aber zeige ich meine schmutzigen Hände, und die Buchhändlerin begreift augenblicklich, warum ich das Buch nicht selbst habe anfassen wollen. Ihre Verwunderung führt zu besonderer Freundlichkeit. Fast kann ich sehen, was sie denkt: Ein Arbeiter hat zum erstenmal in seinem Leben eine Buchhandlung betreten! Ihn darf ich auf keinen Fall enttäuschen! Sie fragt, ob sie mir noch andere Bücher zeigen soll, ich winke ab. Denn ich habe längst gesehen, was mich fasziniert: ein Jugend-, fast noch ein Kinderbildnis von Marguerite Duras. Noch einmal, als ich das Buch kaufe, rufe ich die Verwunderung der Buchhändlerin hervor. Ich zahle, lasse mir das Buch aushändigen und verlasse den Laden. Jetzt, draußen, darf ich es mit meinen Zeitungsfingern anfassen. Dabei will ich nur rasch das Foto wiedersehen, das dem Buch beigegeben ist. Es zeigt die noch junge, fast kindhaft kleine Marguerite Duras, wie sie sich über ihre alt gewordene, ein wenig schwerköpfige Mutter beugt. Das Bild gefällt mir und erschreckt mich. Es zeigt die fast bösartige Siegesgewißheit und Verschmitztheit der höchstens fünfzehnjährigen

Marguerite Duras. Sie ist ganz und gar sicher, trotz ihrer Jugend die Mutter schon überwältigt zu haben. Ihr, der kleinen, schmächtigen Tochter ist es gelungen, die alte und wahnsinnige Mutter auszuschalten. Sie, die Kleine, ist die eigentlich Große und Starke, und die bloß mächtig scheinende Mutter ist in Wahrheit ein abgeschlagenes Gespenst, das sich nur noch in der eigenen Verrücktheit auskennt. Und dennoch zeigt das Foto auch eine Täuschung, über die sich die Kleine nicht klar sein konnte. Denn das Bild erweckt den Eindruck, als sei der Kampf um die Trennung von der Mutter schon abgeschlossen. Und die süß lächelnde Marguerite ahnt nicht, daß sie, als Preis für die Loslösung, ihr ganzes Leben lang die Geschichte der verrückten Mutter wird erzählen müssen und daß dieser Zwang sie wieder die Hälfte der Freiheit kosten wird, die sie eben erst errungen hat. Ich stehe am Roßmarkt, betrachte das Foto und empfinde die Drohung, die von ihm ausgeht: die Drohung, daß wir unsere eigene Geschichte immer wieder erzählen müssen und nach jedem Erzählen glauben, wir hätten sie noch *nicht richtig* erzählt. So fangen wir immer wieder von neuem an, unsere Geschichte zu erzählen, ohne je der noch viel fürchterlichen Gewißheit zu entgehen, daß wir sterben werden, ohne unsere Geschichte wenigstens einmal vollständig und vollständig richtig erzählt zu haben. Ich stecke das Buch in die Tasche und spüre die Panik der nie richtig erzählten Geschichte. Im Augenblick will ich nichts von mir selber wissen und weiß doch, daß ich keine Chance habe. Schon wenige Sekunden später bin ich in der wunderbaren Kindermelancholie gelandet, in die mich der Wahnsinn der Eltern hineingestoßen hat. Es ist jetzt sogar so, als wären inzwischen nicht mehr dreißig Jahre vergangen, alles ist wie eben erst geschehen, und ich fühle die Gewißheit, heute endlich zu den Eltern zurückzukehren und ihnen sagen zu können, was sie tun müssen, um aus ihrer Starre herauszufinden. Wie selbstverständlich gehe ich in Richtung Bahnhof, der von hier aus nur ein paar Minuten entfernt liegt. Fast immer habe ich Glück, und es passiert etwas von dem, was ich in einer Stunde wie dieser brauche. Wenig später laufe ich durch eine der weit offenen Türen des Haupteingangs hindurch und sehe von weitem eine Gruppe von etwa dreißig Schulkindern an einem Zeitungsladen stehen. Es sind Jungen und Mädchen, die offenbar auf den Beginn eines Ausflugs warten. Ihr Lehrer ist, soweit ich sehe, gerade nicht bei ihnen. Wahrscheinlich besorgt er die Fahrkarten oder holt eine Erkundigung ein. Und während die Kinder warten, reden sie laut miteinander oder stoßen Rufe aus, die nicht zu verstehen sind. Ihre Stimmen schlagen weit hoch in das Rund der großen Bahnhofshalle und verschwinden dort oder verschwinden nicht, es ist nicht zu entscheiden. Das Schreien und Rufen ähnelt ein wenig den in Hallenbädern ausgestoßenen Lauten. Es ist, als riefen die Kinder sich selbst, ohne es zu wissen. Daher der Klang der Verwunderung in manchen Schreien. Ich brauche nur kurze Zeit in der Nähe von Kindern zu sein, dann steigert sich in mir so sehr das Maß einer inneren Verwechslung, daß ich bald selbst glaube, zu diesen Kindern zu gehören oder gar eines von ihnen zu sein. Ihr Rufen erinnert mich an mein eigenes Rufen, das ich damals, wenn ich die Wohnung der Eltern verlassen hatte, im Treppenhaus von mir gegeben habe.

Ungefähr im zweiten Stockwerk stieß ich ein paar sonderbare Laute aus, die ich heute weder wiedergeben noch beschreiben kann. Ich erinnere mich nur an sie, und ich frage mich, wen ich damals gerufen haben mag. Die Eltern können es nicht gewesen sein; ich war froh, ihnen für einen halben Tag entkommen zu dürfen. Oder waren sie doch gemeint? Dann hätte ich meine heutige Einsamkeit schon damals gespürt und hätte durch sie hindurch nach ihnen gerufen, um, zum Beispiel, Aufklärung über diese unerwartete Einsamkeit von ihnen zu erhalten. Das bedeutet, daß wir schon als Kinder die Form unserer späteren Vereinzelung kennenlernen, ohne sie schon mit diesem Namen nennen zu können. Diese Möglichkeit ist so unerhört, daß ich mich irgendwo festhalten möchte. Aber da kommt der Lehrer zurück. Das heißt, es sind sogar zwei; sie halten die Fahrkarten für die ganze Klasse in Händen und geben mit ein paar Bewegungen die Richtung an, in die sie gleich aufbrechen werden. Das Schreien und Rufen der Kinder ist jetzt lauter, es begeistert mich. Für ein paar Sekunden glaube ich, daß sie nach mir rufen. *Ich* bin es, der ihnen folgen soll. Die Kinder gehen auf einen Eilzug zu, der am rechten Rand des Bahnhofs wartet. Es ist einer jener alten Eilzüge, deren Fenster noch geöffnet werden können. Kaum sind die Kinder lärmend und lachend in das Innere des Zuges eingedrungen, drücken sie die Oberteile der Fenster herunter und rufen und schreien mit einer Lust, die jetzt um die Gewißheit baldiger Abfahrt gesteigert ist. Ich stehe am Ende des Bahnsteigs und möchte auch gerne schreien oder winken, aber ich bringe keinen Laut und keine Bewegung zustande. Da fährt der Zug aus der Halle hinaus, das Schreien der Kinder ist jetzt unvergleichlich. Endlich weiß ich den Rat, den ich den Eltern, wenn ich heute am Frühabend nach Hause komme, erteilen werde: Ihr müßt... versteht ihr, ihr müßt... nein, ich weiß den Rat doch nicht. Die Freude, die ich beim Quietschen von kleinen Kofferrädern empfinde, sagt mir, daß ich vorübergehend wieder ein Kind geworden bin, obwohl der heutige Frankfurter Hauptbahnhof meiner Kindermelancholie nicht so passend erscheint wie der damalige Mannheimer Hauptbahnhof. Es geschieht hier zuviel. Im Mannheimer Hauptbahnhof der fünfziger Jahre ereignete sich fast nichts. Es hielten nur wenige Züge, und wenn einer hielt, stiegen nur ein paar Fahrgäste ein oder aus. Hinter den fünf oder sechs Bahnsteigen für den Personenverkehr lagen die Geleise für die Güterzüge. Ich saß auf dem letzten Bahnsteig allein auf einer Bank und wartete auf Güterzüge, die ohne Halt durch den Bahnhof rumpelten. Es war schön, den Dampfloks nachzuschauen, die damals noch verkehrten. Sie stießen eine Menge weißen Rauchs ab, der eine Weile trichterförmig in der Luft stehen blieb. Der Bahnsteig war häufig von kleinen Pfützen übersät. Zwischen den Ritzen der Gehwegplatten wuchs im Sommer Gras. Die Bahnsteige sahen an manchen Tagen aus wie alte Teppiche. Es gefiel mir das Geräusch, das entstand, wenn Hunderte von Eisenrädern auf den Schienen anschlugen. Ich versuchte, die Waggons zu zählen, aber es gelang mir nicht. Immer kam etwas dazwischen, was meine Aufmerksamkeit ablenkte. Oft war es nur eine einzelne Lok, die in der Nähe plötzlich anfuhr. Zwischen den hohen Speichenrädern drang ein Zischen hervor, von dem nicht klar war, ob es nach Verwunderung oder nach Müdigkeit klang. Ich sah die Bilder an und aß ein wenig Schokolade und war einem Kinderglück nahe. Hier, am Ende langer Nachmittage, als Vater zu Hause allein in der Küche saß, faßte ich den furchtbaren Gedanken, daß eine Flucht nötig sein würde. Wie und wann ich floh, war mir nicht klar; fest stand nur, daß ich von zu Hause würde verschwinden müssen. Alle Vorstellungen über das, was ich tun oder lassen oder denken oder nicht denken sollte, sind mir immer während des Herumlungerns eingefallen. Ich brauchte nur eine Weile auf das Gras auf den Bahnsteigen zu blicken, dann war klar, daß alles, was sich hier ereignete, ungenügend war. Ich bemerkte damals nicht, daß die Idee der Flucht der *erste* Gedanke *über* die zu verlassenden Verhältnisse war. Ich bemerkte erst recht nicht, daß das Denken ein Vorgang war, der sich außerhalb der bedachten Verhältnisse ereignete und daß es außer dem Leben immer auch die Betrachtung des Lebens gab und daß das Verhältnis der Betrachtung zum Betrachteten eine Form der Erholung war. Ich spürte nur, daß ich, seit ich den Gedanken der Flucht gefaßt hatte, bei aller Verlassenheit sonderbar zufrieden war. Die Eltern waren mir zwar unverständlich, aber sie hinderten mich nicht, sie zwangen mich zu nichts, sie erwarteten nichts, sie fragten mich nichts, sie redeten nicht einmal mit mir. Wenn ich das Gefühl hatte, durch das Denken und Sehnen überfordert zu sein oder unglücklich zu werden, beobachtete ich das untergehende Licht der Sonne. Am Spätnachmittag mußte die Sonne, um zur Geltung zu kommen, den Staub und den Ruß der Stadt durchdringen. Es gelang ihr vorzüglich; mattes Sonnenlicht fiel auf jede einzelne Schiene und verwandelte sie in silbrige Bänder, die aus der Stadt hinausführten in eine phantastische Ferne, an der ich schon teilhatte. Sogar die dunkelroten und schwarzen Schottersteine, die zwischen den Schienen lagen, schimmerten ein wenig, ich sah hin und sah hin und wußte nicht, wie es möglich war, daß auch Staub und Dreck im Sonnenlicht zu glühen schienen. Wenn die Sonne hinter den Dächern verschwunden war, machte ich mich auf den Weg nach Hause. Unterwegs besuchte ich das Nürnberger Spielwarenhaus in der Breiten Straße. Dort klaute ich ein oder zwei kleine, gipserne Indianerfiguren, die ich während des Heimwegs in der Hand hielt und betrachtete. Leider konnte ich sie nicht behalten. Schon bald kam ich mir wie ein Dieb vor und mußte die Indianerfiguren wieder loswerden. Gewöhnlich blieb ich auf der Mitte der Neckarbrücke kurze Zeit stehen und sah den Schiffen zu. Manchmal spuckte ich auf sie hinunter, manchmal nicht. Ich bemerkte, daß mir das Geräusch der bollernden Schiffsmotoren gefiel. Wenn kein Schiff verkehrte, warf ich die beiden Indianerfiguren die Brücke hinunter und weinte ihnen ein bißchen nach. Mein Bruder und ich hatten fast kein Spielzeug, wir hätten die Indianerfiguren gut gebrauchen können. Ich ging nach Hause und schmähte im stillen alle Leute, die meinen Eltern glichen. Manchmal drehte ich mich um und wunderte mich, daß die Geschmähten unverletzt geblieben waren. Ich gehe durch die Kaiserstraße in Richtung Innenstadt. Wieder schaue ich Kinder an, die an mir vorübergehen. Ich sehe einen Jungen, der einen Hund über die Gallusanlage trägt. Der Hund weiß nicht, daß er für das Kind zu schwer ist. Seine ruhige

Ahnungslosigkeit macht aus der Anstrengung des Kindes eine rührende Verausgabung. Ein anderes Kind, ein Mädchen, pult mit Zeigefinger und Daumen in einem Brötchen. Mit schöner Fingerfertigkeit holt es ein Teigstück nach dem anderen aus dem Brötchen heraus und steckt es sich in den Mund. Die Operation gefällt mir so gut, daß ich dem Mädchen auf der Stelle ein weiteres Brötchen spendieren möchte. Natürlich halte ich mich zurück; ich schaue nur hin, weil mich die Bilder beruhigen. Denn trotz der besänftigenden Ereignisse spüre ich die Angst vor der Schriftstellerverrücktheit, die Angst vor der nie richtig erzählten Geschichte. Am liebsten möchte ich mir von hinten die Jacke über den Kopf ziehen und sie vorne bis auf einen schmalen Spalt schließen, aus dem ich herausschauen kann. Aus Verlangen nach einem Schutz, der nicht zu haben war, habe ich das als Schuljunge fast jeden Tag gemacht. Trotzdem war es schön, den Kopf eine Weile unter einem kleinen warmen Zelt zu verbergen, zu dem niemand Zutritt hatte. Weil ich der Angst vor der Schriftstellerverrücktheit etwas entgegensetzen muß, erzähle ich die Geschichte von Isolde, die gar nicht anders zu erzählen ist als so, wie ich sie gleich erzähle. Isolde war Lehrling in dem Kaufhaus, in dem ich an zwei oder drei Nachmittagen ein paar Stunden arbeitete. Sie saß mir in der Lagerabteilung gegenüber und klebte wie ich kleine Preisschildchen auf die Packungen von Strümpfen, Handschuhen und Hemden. Wir redeten wenig und schauten uns lange an. Einmal, zwei Stunden vor Feierabend, faßten wir uns an und küßten uns, und ich sagte ihr, daß ich nach Betriebsschluß auf sie warten werde, um sie nach Hause zu bringen. Danach schwiegen wir wieder und schauten uns an. Ich hielt unser Schweigen für eine Auszeichnung; ich glaubte, Schweigen sei ein Hinweis auf Würde und Hervorgehobenheit.

Erst zwei Stunden später, als ich Isolde zum erstenmal nach Hause brachte, bemerkte ich, daß es eine Würde, die aus dem Schweigen kam, nicht gab. Ich mußte entdecken, daß mein Schweigen nicht freiwillig war. Isolde erzählte, während sie neben mir ging, von ihren Geschwistern, von ihren Eltern, von ihren Verwandten und Kollegen. Ich hörte zu und schwieg fast den ganzen Heimweg lang. Auch später, als ich nicht mehr im Kaufhaus arbeitete, Isolde aber weiterhin am Abend abholte, weil sie meine erste Freundin geworden war, erzählte sie, und ich hörte zu. Dann und wann fragte ich nach Details, das war alles, was von mir kam. So konnte ich verbergen, daß das Sprechverbot der Scham nicht nur auf mich übergegriffen hatte, sondern daß es inzwischen auch außerhalb der Familie galt. Es war mir nicht möglich, Isolde von meinem gescheiterten Vater oder von der im Schlafzimmer zurückgezogen lebenden Mutter zu erzählen. Hätte ich diese Geschichte erzählt, dann hätte ich sie durch das Erzählen auch verständlich machen müssen. Genau das habe ich nicht gekonnt. Die Frage war, wann Isolde bemerkte, daß ich von meiner Familie so gut wie nichts erzählte. Wenn die Möglichkeit drohte, daß sich Isolde nach meiner Familie erkundigte, blieb ich auf der Straße stehen und verschloß ihr mit einem langen Kuß den Mund. Danach sprach sie um so lebendiger von *ihren* Eltern und *ihren* Geschwistern. Ich hoffte, nach ein paar Monaten die Scham zu verlieren. Aber damals kannte ich die Scham noch nicht sehr gut und wußte deshalb auch nicht, daß Scham nicht altert; im Gegenteil, sie bleibt in dem Körper, den sie einmal aufgesucht hat, und findet sich in diesem immer besser zurecht. Und weil ich nicht wußte, wie ich meine sonderbare Verlegenheit noch länger rechtfertigen sollte, fertigte ich mir für die Abende mit Isolde winzige Spickzettel an, auf denen pro Heimweg fünf oder sechs Stichworte mit Gesprächsthemen standen, über die ich jederzeit und leicht sprechen konnte, wenn meine Redenot plötzlich auffallend war. Es waren harmlose Themen wie SCHLAGERSÄNGER, ZIGARETTENRAUCHEN oder KINO. Aber ich mußte vorsichtig sein. Einmal hatte ich das Stichwort TASCHENGELD notiert und darüber auch schon eine Menge allgemeiner Sätze ausgesprochen, als ich plötzlich spürte, daß mich dieses gefährliche Wort auf Umwegen doch in die Nähe der Themen des Sprechverbots brachte. Es gelang mir zum Glück, die Unterhaltung rasch zu beenden. Isolde durfte auf keinen Fall bemerken, daß ich zum Sprechen kleine Spickzettel benötigte. Denn ich wollte direkt und spontan und vor allem unerschöpflich sein. Außerdem hatte ich zu dieser Zeit die Vorstellung, daß eine Frau Anspruch darauf hatte, von einem Mann unterhalten zu werden. Wenn Mutter anstatt mit einem schlechten Erfinder mit einem guten Unterhalter verheiratet wäre, dachte ich, müßte sie ihre Tage nicht allein im Schlafzimmer verbringen.

Ich nähere mich dem großen Schaufenster einer Bäkkerei, das den Einblick in eine Backstube freigibt. Dicht hinter der Scheibe legt ein Bäcker kleine Teigballen auf ein großes schwarzes Blech, das vor ihm auf einem langen Tisch steht. Er knetet die Ballen ein wenig, bestäubt sie mit Mehl und ritzt mit einem kleinen Messerchen über jeden Teigballen kurz hinweg. Dann nimmt er sie noch einmal in die rechte Hand und tupft sie mit der Oberseite in eine kleine Schüssel, in der sich kleine schwarze Mohnkörner befinden. Jetzt ist zu sehen, daß aus jedem Teigballen ein Brötchen werden wird. Ich schaue dem Bäcker zu und bedaure ihn, weil er sich den ganzen Tag von fremden Menschen betrachten lassen muß. Der Bäcker tut so, als sei er ganz allein. Er hebt das jetzt fertigbelegte Blech auf einen kleinen Wagen, auf dem schon andere Bleche mit vorbereiteten Brötchen übereinander eingeschoben sind. Er greift nach einem neuen Blech und fettet es ein. Die Arbeit des Bäckers gefällt mir so gut, daß ich sie selbst eine Weile ausführen möchte. Besonders der Anblick der mehligen Schuhe, des mehligen Unterhemds und der mehligen Hose ruft in mir eine Art von Zufriedenheit hervor, die ich nach der Erzählung der Geschichte mit Isolde gut gebrauchen kann. In jeder kleinen Arbeit, die der Mann verrichtet, geht er so restlos auf, daß er auf nichts mehr ‹aufpassen› muß. Sogar auf seinen Kopfhaaren liegt Mehl, das sich der Mann nicht entfernt. Im Augenblick gefiele es mir, wenn ich mich auch mit Mehl einstäuben könnte. Dabei spüre ich nur meine Sehnsucht danach, auch einmal auf nichts ‹aufpassen› zu müssen.

Kurz bevor ich an den Roßmarkt zurückkehre, tritt ein Mann in mittleren Jahren aus einem Bekleidungsgeschäft heraus auf den Bürgersteig. Er trägt einen neuen Anzug. Vorne, an den Knöpfen, hängen ein Preisschild und zwei weitere Pappschildchen. Der Mann hebt ein wenig seinen rechten Arm und schaut, wie er aussieht, wenn sein rechter Arm in einem neuen Anzugärmel steckt. Jetzt treten ein junger Verkäufer und eine Frau auf die Straße und reden über den guten Eindruck, den der Mann in seinem Anzug macht. Der Mann selber schweigt und starrt auf den Boden. Die Frau sagt: Jetzt heb mal den anderen Arm. Der Mann folgt sofort. Es sieht aus, als spürte er die Peinlichkeit, die über ihm schwebt. Verstohlen beobachte ich die Szene, und wie so oft, wenn ich sehe, daß das Bedürfnis nach Tadellosigkeit jemanden lächerlich zu machen droht, rührt sich in mir die alte verächtliche Lust. Aber der Hohn kommt dann doch nicht, ich weiß nicht warum. Schweigend läßt sich der Mann von der Frau in das Bekleidungshaus führen.

Während des langen Herumsitzens und Umherschauens auf den Bahnsteigen schämte ich mich, weil ich bemerkte, daß ich noch gar nicht lebte. Das Leben war etwas, das noch einzutreten hatte. Die Scham war ein großes weiches Gefühl, das nach Beruhigung verlangte und sich doch nicht beschwichtigen ließ. Da trat zur Scham ein leiser, kindlicher Schmerz hinzu, mit dem ich besser fertig wurde. Ich saß still auf einer Bahnsteigbank und hielt den Schmerz für ein hoffnungsvolles Zeichen.

Auf dem Heimweg von der Arbeit kam Vater jeden Abend am Mannheimer Nationaltheater vorbei. Durch die Rundumverglasung des Foyers sah er von draußen die festlich gestimmten Theaterbesucher, die mit langsamen Schritten auf und ab gingen, vergnügt, erwartungsvoll, Sekt oder Orangensaft trinkend. Und wenn er bei uns zu Hause angekommen war, zog er über die Menschen her, die er im Foyer beobachtet hatte. Er kam niemals auf die Idee, daß er alles, was er beschimpfte, selber gerne geliebt hätte. Sein Haß auf das Theater war der Haß auf die Unmöglichkeit, sich das Vergnügen am Theater anzueignen. Und dieser Haß war so groß, daß Vater plötzlich sogar die Nazis lobte, weil bei den Nazis diese *Nichtstuer* (die Theaterbesucher) keine Chance gehabt hätten. Nein, ein Nazi war Vater nicht, und doch erschraken wir, wie schnell er einer werden konnte, wenn sein Haß nicht anders zu entschärfen war.

Auf dem Paulsplatz ist eine Tombola aufgebaut worden. Es sind einfache, schaufensterartig verglaste Holzbuden, in denen die Gewinne ausgestellt sind: Staubsauger, Toaster, Haartrockner, Gummihandschuhe, Fensterleder. Im Zentrum steht eine etwas größere Hütte mit zwei Fenstern. Über dem Fenster links hängt ein Schild mit der Aufschrift GEWINNAUSGABE, über dem Fenster rechts eines mit der Aufschrift LOTTERIELEITUNG. Im Fenster der Gewinnausgabe sitzt eine dicke Frau und wartet auf Menschen, die etwas gewonnen haben. Aber es regnet schon wieder, und es gibt kaum jemanden, der Lust hat, sich ein Los zu kaufen. Im Fenster der Lotterieleitung sehe ich einen jungen Mann, der ein Mikrofon in der Hand hält und auf die kleinen Pfützen schaut, die sich zwischen den Buden gebildet haben. Immer wieder schaltet der junge Mann die Schlagermusik ab, die aus einem großen Lautsprecher über den Platz tönt, und fordert die Menschen mit schwacher Stimme auf, auch bei Regenwetter ihr Glück zu suchen. Ich stehe vor der Scheibe einer Bude und tue so, als wollte ich mir die Hauptgewinne näher anschauen. In Wahrheit will ich nur dem jungen Mann dabei zuschauen, wenn er spricht. Er schließt die Augen ein wenig und holt das Mikrofon nah an den Mund. Er betrachtet von oben seine rechte Hand, wie sie das silbrig glänzende Mikrofon umfaßt, und er betrachtet seine schmalen Finger, wie sie zart über die Membran des Mikrofons gleiten. Es ist leicht zu sehen, daß die Betrachtung seiner Hand mit dem Mikrofon das einzige ist, was ihm an der Lotterieleitung gefällt. Manchmal sieht es so aus, als wüßte er nicht, daß seine Sätze nach draußen übertragen werden; als spreche er in Wahrheit zu einem einzelnen Menschen, den ich von draußen nicht sehen kann. Es macht mir Vergnügen, mich inmitten von zahlreichen Gegenständen zu befinden, von denen ich weiß, daß ich sie nicht brauche und von denen ich mich durch einfaches Weggehen entfernen kann. Als ich fünf oder sechs Jahre alt war, habe ich an das Glück von Lotterien, Preisrätseln und Malwettbewerben geglaubt. Aus Liebe zu dieser Erinnerung bin ich versucht, mir ein Los zu kaufen und es mit altkindischer Aufgeregtheit zu öffnen. Aber jetzt beugt sich der junge Mann von der Lotterieleitung wieder ein wenig nach vorne und holt sich das Mikrofon dicht an den Mund. Wenig später nennt er die Buden ringsum das GLÜCKSDORF, an dem niemand vorbeigehen darf. Das Wort Glücksdorf dringt mit einer so großen Unglaubhaftigkeit über den Platz, daß ich annehme, die wenigen Menschen, die sich hier herumtreiben, müßten mit mindestens ebenso großem Gelächter über das Wort herfallen. Aber es lacht niemand. Jetzt begrüßt der junge Mann die NEU EINGETROFFENEN GÄSTE. Es ist niemand neu eingetroffen, im Gegenteil, die paar Menschen, die verloren zwischen den Buden stehen, schleichen sich davon, ohne Aufsehen zu erregen. Auch ich sollte weitergehen, aber ich bleibe stehen und schaue auf die Lospapierchen, die in einer Pfütze aufweichen. Ich habe große Lust, vor das Fenster der Lotterieleitung zu treten und dem jungen Mann mit dem Mikrofon ein paar Vorwürfe zu machen. Hören Sie! Sie können diese acht lachhaften Buden doch nicht Glücksdorf nennen! Hunderte von Kindern hören dieses gleisnerische Wort und brauchen dann die Hälfte ihres Lebens, bis sie merken, daß es Glücksdörfer nicht gibt! Werden Sie sich Ihrer Verantwortung bewußt! Ich spreche die Vorwürfe leise vor mich hin, als würden sie mir selber gelten. Doch da fällt mir ein neuer Vorwurf ein. Junger Mann! Sie müssen noch viel viel toller schwindeln, damit die Menschen die Verzichtbarkeit von Lügen als ihr einziges Glück erkennen können! Haben Sie das verstanden?! Auch diesen Vorwurf spreche ich leise vor mich hin, und ich finde ihn, als Vorwurf an eine Lotterie, unüberbietbar. Es kostet mich Kraft, ihn für mich zu behalten. Wie immer kann ich mich beherrschen und belasse es dabei, den jungen Lügner zwiespältig anzuschauen. Weil ich mir machtlos vorkomme, verachte ich ein wenig die Hauptgewinne. Kurz darauf schmerzt es mich, daß ich in den Hohn zurückgefallen bin. Um in eine andere Stimmung zu finden, kaufe ich zwei Lose. Und es gefällt mir, die beiden Lospapierchen wenig später zu den anderen in die ringsum verstreuten Pfützen zu werfen. Plötzlich ergreift mich Mitleid mit dem jungen Mann von der Lotterieleitung. Jeden Tag muß er von morgens bis abends in seiner kleinen Glückshütte sitzen und dümmliche Aufforderungen aussprechen! Vielleicht ist seine Stimme deswegen so matt! Wieder habe ich Lust, vor das Fenster hinzutreten und den jungen Mann anzusprechen. Junger Herr! Verzagen Sie nicht! Wenn Sie den Anblick der Lospapierchen nicht mehr ertragen können, sprechen Sie mit mir! Ich werde Ihnen zuhören und Sie verstehen! Da sehe ich einen älteren Mann in einem dünnen grauen Regenmantel, der mich endlich ablenkt. Er steht neben einer Bude am Rande des Geländes und ißt eine Rindswurst. Er steht genau neben einem großen Abfalleimer. Ich sehe, daß er sich seinen Standort nach praktischen Gesichtspunkten ausgewählt hat. Denn jedesmal, bevor er ein Stück von seiner Wurst herunterbeißt, entfernt er mit den Fingern seiner anderen Hand ein Stück der Wursthaut und läßt es in den Abfalleimer fallen, der neben ihm steht. Und während der Mann langsam kaut und mit gesenktem Blick auf die Wurst blickt, bemerkt er nicht, daß andere Menschen ihren kleinen Glücksmüll in den gleichen Abfalleimer werfen und daß dadurch der Mann selber den Schatten eines Müllmannes auf sich zieht. Es müßte mir möglich sein, den Mann am Arm zu fassen und ihn zwei oder drei Meter zur Seite zu führen. Ich gehe auf ihn und den Abfalleimer zu und werfe zwei alte Straßenbahnfahrscheine, die ich in der Jackentasche gefunden habe, mit einer so unangenehmen Betontheit in den mit blauer Plastikfolie ausgelegten Eimer, daß dem Mann die unerträgliche Nähe zwischen sich und dem Müll auffallen muß. Aber es fällt ihm nichts auf. Ich will den Mann deswegen verachten wie Hunderte seinesgleichen vor ihm. Da hebt der Mann den Blick und schaut mich an. Für Sekunden begegne ich der langen Geschichte meiner Unbarmherzigkeit. Von den unteren Lidrändern schiebt sich ein wenig Tränenflüssigkeit in die Augen, so daß ich das Gefühl des Ertrinkens in der eigenen Scham nicht sofort abwehren kann. Der Mann steht, genau wie ich, nur deshalb hier herum, weil es immer etwas gibt, was wir nicht fassen können. Vielleicht hat er heute endgültig die Ahnungslosigkeit gegenüber dem eigenen Leben verloren! Oder er weiß nicht einmal, daß er eine Rindswurst ißt. Ein skandalöser Schmerz hat ihn so irritiert, daß er in die Stadt gelaufen ist und sich an einer Losbude angelehnt hat. Ich betrachte die vollkommene Ausdruckslosigkeit des Mannes. Er sieht sich auf die Hände, dann hebt er den Blick, schaut kurz umher und senkt den Blick zurück auf die Hände. Mit sonderbarer und unangemessener Sanftheit läßt er seinen Pappdeckel in den Mülleimer fallen. Aus seiner linken Manteltasche holt er ein Taschentuch heraus und wischt sich den Mund ab. Aus dem Lautsprecher kommen neue dümmliche Sätze, ich höre nicht mehr hin. Der Mann stößt sich mit einer kleinen Bewegung von der Bude ab und verläßt den Paulsplatz in Richtung Katharinenkirche. Ich folge ihm ein Stück, weil ich hoffe, daß er noch einmal stehenbleibt, mich anschaut und die stumme Aufdeckung meines Hohns wiederholt. Der Mann tut nichts, was geeignet wäre, ihm eine Besonderheit zuzusprechen. Er bleibt vor Schaufenstern stehen wie andere, er wartet, bis die Straßen frei sind, ehe er sie überquert, er betrachtet nicht einmal den Tagesmond am Himmel, eine blasse, fast durchsichtige Sichel. Ohne Herabsetzung betrachte ich das Leben der anderen, und ich bin sicher, daß nichts von dem, was ich sehe, Nachteile davon hat, daß *ich* es bin, der es gesehen hat. Es kommt eine verzeihende Stimmung über mich. Ungefähr eine Stunde lang sind alle Personen, die ich sehe, durch ihre Einfalt miteinander verwandt. Es ist wunderbar, daß alles vergeblich ist. Ich überlege, wie ich die Erfahrung dieser Stunde festhalten und erinnerbar machen kann. Dabei schaue ich nur auf den Rücken eines langsam gehenden Mannes, der mich der Möglichkeit des Erbarmens nahegebracht hat. Die Falten seines Regenmantels sind beinahe symmetrisch in seinen Gürtel eingeordnet. An der Hauptwache trifft der Mann auf seine Familie. Eine großgewachsene Frau begrüßt den Mann, indem sie mit ihrer linken Wange die linke Wange des Mannes kurz berührt. Ein etwa zehnjähriges Mädchen, das die Frau an der Hand führt, schaut der Begrüßung aufmerksam zu. Danach springt das Kind in der Art eines ungeschickten Pferdchens ein wenig in die Höhe und sucht jetzt mit seiner kleinen Hand die große Hand des Mannes. Die Frau henkelt sich an der rechten Seite des Mannes ein. So gehen sie in den Steinweg und entschwinden meinem Blick. Ich möchte jetzt ein paar Überlandleitungen sehen, die an hölzernen Masten hängen. Ein riesiger Vogelschwarm müßte anfliegen und auf den durchhängenden Drähten Platz nehmen. Aber leider gibt es hier weder Überlandleitungen noch große Vogelschwärme. Alles, was sich im Augenblick bewegt, ist eine ältliche Straßenbahn. Die Straßenbahn gibt ein schönes elektrisches Knistern von sich, das durch das Schleifen des Bügels an der Oberleitung entsteht. Ich gehe in Richtung Theaterplatz und empfinde plötzlich Lust, alle meine Sachen zu verschenken, meine Hosen, meine Schuhe, meine Hemden, auch Bücher, Geschirr, Möbel. Ich muß froh sein, daß im Augenblick niemand bei mir ist, der die Sachen wirklich gebrauchen kann. Ich höre das Stöhnen einer Frau, das, weil es sich während des Gehens äußert, schwer und gepreßt ausfällt. Das Stöhnen erinnert mich an das Sterben der Mutter. Die letzte Woche ihres Lebens lag Mutter die meiste Zeit auf dem Rücken und schlief und stöhnte. Sie trug eine weiße Kutte, die auf dem Rücken offen war. Solche Kutten trugen nur solche Patienten, die nicht einmal mehr sagen konnten, daß ihnen ihr Nachthemd lieber wäre. Draußen brannte die Sonne auf den Balkon und auf die Jalousien. Die Balkontür war geöffnet. Weil nichts geschah, konzentrierte ich mich auf die Geräusche und auf die Bilder. Die Bettdecke hatte Mutter entweder zur Seite geräumt oder weggestrampelt. Von Zeit zu Zeit wachte Mutter auf und versuchte, ihren Körper auf die Seite zu drehen. Ich stand auf, faßte sie unter den Armen und half ihr beim Drehen. Zum Dank stöhnte sie, aber sie konnte nicht mehr bemerken, daß ihr geholfen wurde. Die ganze Zeit, während ich mich erinnere, habe ich darauf gewartet, daß die Passantin ein weiteres Mal stöhnt. Aber sie bleibt ruhig und verschwindet in Richtung Unter-Main-Brücke. Ich sehe ihr lange nach, bis es mir plötzlich unerhört vorkommt, daß wir Menschen von hinten anschauen können. Die Verwunderung darüber hinterläßt ein Gemisch aus Scham und Schweigelust, das mich eine Weile begleitet.

Später, als Mutter eine alte Frau geworden war, schrieb ich mir, wenn ich sie besuchte, die Fragen vorher auf, die ich ihr endlich stellen wollte, damit mir dieses und jenes aus dem Menschenleben besser einleuchte. Ich trug die Fragen auf einem Blatt Papier bei mir und las sie, während ich im Zug saß, immer wieder durch. Und dann, als ich bei Mutter angekommen war, war nach wenigen Minuten klar, daß alle meine Fragen falsch waren. Wieder hörte ich mir Teile der Lebensgeschichte der Mutter an und überlegte mir neue Fragen für den nächsten Besuch.

Vier Schulmädchen gehen die Schillerstraße entlang und treten sich gegenseitig in den Hintern. Die Tritte sind nicht fest. Das Ganze soll ein Spaß sein, eine kindische Laune, ein Anlaß zum Kichern und Schreien. Ich schaue zu und kann der Erinnerung an ein frühes Entsetzen nicht mehr entkommen. Es tauchte auf in der

Quinta oder in der Quarta; ich war elf oder zwölf, als die Schüler plötzlich anfingen, sich gegenseitig Schmerzen zuzufügen. Es ging sehr schnell. Es kam darauf an, dem Nebenmann, der gerade an nichts dachte und sein Geschlecht nicht schützte, mit der zur Faust gekrümmten Hand auf die Hoden zu schlagen, so daß der Getroffene augenblicklich den Körper nach vorne beugte, manchmal sogar für eine Minute auf den Boden sank. Es tat weh, aber der Geschlagene sollte lachen und bei nächster Gelegenheit den Stoß zurückgeben. Um vor Überraschungen sicher zu sein, hielten die meisten Schüler fast den ganzen Morgen lang die Hand vor ihr Geschlecht. Es war der erste große Schreck, der aus einer Gemeinschaft hervorging. Obwohl viele, auch ich, schon ein Gefühl dafür hatten, daß es sich hier um eine Frühform von scheinbar genehmigter Gewalt handelte, war es nicht möglich, den Irrsinn einzustellen oder sich über ihn zu verständigen. Etwa ein Jahr lang gab es keinen Schultag, an dem nicht jeder in der Klasse wenigstens einmal das Opfer dieses Rituals war. Ich stand diesen Ereignissen so erklärungslos gegenüber, daß ich fast täglich den Stab über das ganze Leben brach. Und doch machte ich mit, ich schlug den anderen auf die Eier, wie mir auf die Eier geschlagen wurde. Zum erstenmal empfand ich, daß ich nicht in einer solchen, vielleicht in überhaupt keiner Gemeinschaft leben wollte. Aber es gab keinen Ausweg. Ich mußte zur Schule wie jeder andere, und wie jeder andere betrat ich frühmorgens das Klassenzimmer mit der schützenden Hand vor dem Geschlecht. Das heißt, es gab doch einen Ausweg. Es war die lernende Trauer, die sich alles merkte und eifrig eine spätere Abwendung vorbereitete. Und jetzt, da ich die vier Mädchen beobachte, die sich in den Hintern treten und dabei kichern, ist leicht zu sehen, daß sie in einem ähnlichen Irrsinn befangen sind. Eines der Mädchen tritt mit besonderer Lust; es hat den stärksten Tritt und die größte körperliche Wendigkeit. Sie schaut der von ihr Getretenen mit halb versteckter und halb offener Geilheit in die Augen. Sie sieht nicht oder es ist ihr gleichgültig, daß zwei der Mädchen das Spiel nur mitmachen, weil sie nicht wissen, wie sie es beenden sollen, ohne durch dieses Ende auch ihre Freundschaft untereinander aufs Spiel zu setzen. Es kommt eine junge Frau die Schillerstraße entlang, die sich gegen den zwischen den Häusern hängenden Geruch von Pommes frites, Mayonnaise, Ketchup und Kohlenmonoxyd ein kleines, fein zusammengefaltetes, weißes Taschentuch gegen die Nase hält. Zwischen Nase und Tuch ragen die Enden zweier kleiner dunkelgrüner Blätter hervor; in der Schnelligkeit, in der das Bild an mir vorüberzieht, kann ich nicht erkennen, ob es zwei Rosmarin-, zwei Salbei- oder zwei Lorbeerblätter sind, die den gewünschten Duft aussenden. Ich bleibe kurz stehen und bewundere wortlos das Bild der Frau; es holt mich wieder aus dem Zusammenhang heraus, in den mich die vier nach einander tretenden Mädchen immer tiefer hineinziehen wollen. Als die Unerträglichkeit auf ihren Höhepunkt zutrieb, war ich vierzehn. Immer öfter zog ich die Heimwege von der Schule nach Hause in die Länge, um die nächsten Schritte wieder und wieder überlegen zu können. Während dieser wunderbar gesetzlosen Herumtrödeleien legte mir die klug gewordene Trauer einen Ausweg nahe: Ich wollte Künstler werden. Aus Furcht plante ich gleich drei Fluchten. Wenigstens eine von ihnen würde mich ans Ziel führen. Ich entschied mich, die Berufe des Sängers, des Malers und des Schauspielers zu ergreifen, und zwar so bald wie möglich. Der Beruf des Sängers schien der leichteste und unproblematischste zu sein. Unter den vielen gewalttätigen Kindern, die mit mir das Gymnasium besuchten, war ein Junge, der bald mein Freund geworden war. Es war der großgewachsene, dürre Martin, dessen Vater nicht aus dem Krieg nach Hause zurückgekehrt war. Martins Mutter mußte jeden Tag arbeiten; deswegen hatten wir die Wohnung, in der Martin mit seiner Mutter lebte, nachmittags für uns allein. Martin besaß ein Gerät, das ich erst bei ihm kennenlernte: ein Tonband. Martin verehrte, genau wie ich, Elvis Presley, Bill Haley, Paul Anka, Pat Boone und Little Richard. Um die gleiche Klangwirkung zu haben, die uns besonders an den Platten von Elvis Presley gefiel, stellten wir das Tonband in das Badezimmer, genauer: in die Badewanne. In der Badewanne sahen wir eine ideale Voraussetzung für Echo und Nachhall einer guten Musikaufnahme.

Am Tag unserer ersten Produktion warteten wir lange, bis auf der Straße Ruhe herrschte. Dann stellte Martin das Gerät ein, wir beugten die Oberkörper über die Wanne und begannen, mit tiefhängenden Köpfen *It's now or never* in das auf dem Boden der Badewanne stehende Mikrofon hineinzusingen. Wir hatten vereinbart, den Song dreimal aufzunehmen; mit der am besten gelungenen Nummer wollten wir bei nächster Gelegenheit bei einer Schallplattenfirma vorsprechen. Nach zwei Stunden Arbeit hörten wir uns das Band an.

Das Ergebnis war so grauenvoll, daß Martin und ich den Plan, Sänger zu werden, auf der Stelle aufgaben. *Eine* Flucht war damit schon erledigt, obwohl sie erst wenige Tage zuvor geplant worden war.

Jetzt widmete ich mich verstärkt dem Beruf des Malers, in dessen Anfangsgründe ich mich, seit ich Vaters Firmenzeichen hergestellt hatte, schon eingeweiht fühlte. Ich hatte herausgefunden, daß nicht weit von unserer FERNSEHHÜTTE entfernt ein Künstler ein Atelier hatte. Ihn hatte ich schon mehrere Male besucht und mit ihm die Probleme des Künstlerlebens diskutiert. Er war ein Dekorationsmaler, der Schaufenster gestaltete und gelegentlich bei der Realisation von Bühnenbildern aushalf. Er war freundlich und entgegenkommend, er nahm mich, wann immer ich an seiner Tür klopfte, in sein Atelier auf, gab mir einen Stuhl, Papier und Bleistift und ließ mich zeichnen, während er selber an seinen Projekten weiterarbeitete. Ich malte viel und ausdauernd, und zwar genau das, was ein Vierzehnjähriger malen kann: Kenternde Schiffe, in Baumkronen lauernde Tiger, in die Ferne schauende Indianer, in Wäldern herumstreunende Wölfe. Der Dekorationsmaler lobte meine Bilder und ermunterte mich zum Weitermachen. Von Zeit zu Zeit trat er hinter den Stuhl, auf dem ich saß und führte mich in Fragen der Perspektive und der Farbmischung ein. Ich war zufrieden und fühlte mich schon halb entkommen. Und dennoch fehlte mir bald etwas. Seit Monaten ging ich in Abständen von zwei bis drei Tagen in das Atelier des Dekorationsmalers, der Vorrat an fertiggemalten Bildern wuchs und wuchs, meine Techniken wurden von Woche zu Woche perfekter und abwechslungsreicher, und dennoch gab es, wenn ich von dem Dekorationsmaler selbst absah, niemanden, der wußte, daß ich zwar weiterhin Schüler, in Wahrheit aber ein Künstler geworden war. Niemand hatte erfahren, daß ich mich mit Hilfe der Kunst vom Leben entfernt hatte. Im Laufe mehrerer Monate erhielt der Dekorationsmaler nur ein einziges Mal Besuch. Es war ein Auftraggeber, der Vorlagen und Material brachte. Der Mann blickte kurz auf und sah, daß in der Mitte des großen Raums ein halbwüchsiger Junge auf einem Stuhl saß und malte. Aber er begrüßte mich nicht, er kam nicht auf mich zu, er betrachtete nicht das Bild, an dem ich gerade arbeitete, er fragte nicht einmal, wer ich war.

Es war das verblüffende Ausbleiben jeglicher Aufmerksamkeit, das mich dazu trieb, neben dem Beruf des Malers unverzüglich den Beruf des Schauspielers zu ergreifen. Es gab in der Stadt eine Hochschule für Musik und Darstellende Künste. Dorthin ging ich und erkundigte mich nach den Aufnahmebedingungen. Ich glaube, ich habe bei all diesen Unternehmungen nie daran gedacht, daß ich vierzehn war und nirgendwo aufgenommen werden konnte. Um Schauspieler werden zu können, mußte man mindestens neunzehn oder zwanzig sein. Ich stand in einem düsteren Vorzimmer und mußte mir von einer Sekretärin sagen lassen, daß ich schleunigst nach Hause gehen sollte. Die Abweisung schreckte mich nicht. Von Martin hatte ich gehört, daß das Nationaltheater Statisten für stumme Rollen suchte. Einige Abende später betrat ich durch den Künstlereingang das Nationaltheater und sagte, daß ich jederzeit zur Verfügung stände. Der Pförtner antwortete, daß keine Statisten mehr gebraucht würden. Ich ging nach Hause und empfand Glück darüber, mit dem Pförtner des Nationaltheaters gesprochen zu haben. Wenn ich nachmittags nicht im Atelier des Dekorationsmalers war, lehnte ich an Gartenzäunen oder Garagentüren und machte Sprechübungen. Angelika aus dem Nachbarhaus hörte mir öfter zu und fragte mich hinterher aus. Ich antwortete, daß die Sprechübungen für den Beruf des Schauspielers notwendig seien. Angelika staunte und war mir eine Weile zugetan. Du wirst Schauspieler! Angelika war voller Bewunderung und erzählte anderen von den großen Ereignissen, die mit mir geschahen. Unter den Kinderberufen war der des Schauspielers der erste, der unmittelbar Aufmerksamkeit und Anerkennung einbrachte. Drei Wochen später erschien ich erneut beim Nationaltheater und fragte nach einer Statistenrolle. Der Pförtner schickte mich wieder weg. Es wäre gut gewesen, wenn ich in dieser Zeit wenigstens ein Engagement hätte vorweisen können. Denn ich spürte, daß Angelikas Bewunderung schon wieder am Schwinden war. Wahrscheinlich hatte sie ihren Eltern von meinen Plänen erzählt und war von ihnen aufgeklärt worden, daß sie auf einen kleinen Angeber hereingefallen war. Nach wie vor war ich nichts als Schüler, aber ich hatte jeden Tag wenigstens einmal das Gefühl, auch in anderen Dingen die Hände im Spiel zu haben. Und dieses Gefühl entsprach meiner größten Kindersehnsucht: anderswo zu sein und dabei wissend zu werden. Aus meinen drei Künstlerberufen wurde eine Art Gaukelei, die ich jeden Tag auskostete und deren Notwendigkeit ich dennoch den Eltern anlastete. Ich brauchte für alles, was mit mir geschah, heimliche Angeklagte, von denen ich überzeugt war, daß sie schuldig waren. Die Teilnahme an der Sehnsucht nach Veränderung und Wissen brachte einen starken Dünkel hervor. Ich hielt jeden, der Künstler nicht bewunderte, für bedauernswert und hoffnungslos. Der Allerhoffnungsloseste, den ich kannte, war Vater. Obwohl er erst vor kurzem gescheitert war, hielt er mir am Abend Kurzvorträge, wie man es in der Welt zu Erfolg und Anerkennung brachte. Sein erstes Gebot lautete: Gehe nie in Schuhen mit schiefen Absätzen! Wenn deine Absätze abgelaufen sind, sagte er, hast du keine Chance. Ich hörte zu und schwieg. Es war zum Lachen und zum Weinen, aber ich lachte nicht und ich weinte nicht, sondern wartete, bis er verschwand. Vorher sprach er aber noch eine Ermahnung aus. Ich mag es nicht, sagte er, wenn ich nach Hause komme und DEINE Jacke von MEINEM KLEIDERBÜGEL herunternehmen muß. Ich hatte nicht einmal gewußt, daß er einen bestimmten Kleiderbügel für seinen Kleiderbügel hielt. Ich nahm die Belehrung hin und schwieg weiter. Wenn Vater im Wohnzimmer war, holte ich meine Gitarre hervor und klimperte vor mich hin. Ich hatte mir das Instrument kurz zuvor für vierzig Mark gekauft. Ich wollte so werden wie Elvis Presley oder Little Richard; nein, so wollte ich nicht werden, ich dachte nur: Wenn ich sehr gut Gitarre spielen kann, werde ich mit ihr meinen vierten Künstlerberuf, den des Musikers, einleiten können. Es genügte mir, mit Daumen und Zeigefinger über die Saiten zu schrummen. Es war schön, abends in der Küche zu sitzen und Geräusche zu hören, die ich allein hervorbrachte. Im Programm des Christlichen Vereins junger Männer entdeckte ich einen Gitarrenkurs, für den ich mich anmeldete. Ich war begeistert über den Unterricht, aber leider hatte ich keine Lust, zu Hause die Griffe zu üben. Schon nach der dritten Stunde blieb ich dem Kurs fern. Viel mehr Vergnügen hatte ich daran, mich auf das Fahrrad zu setzen und mit der Gitarre unter dem Arm in die Stadt zu fahren und mich dort eine Weile als junger Mann mit Gitarre zu zeigen. Ich stellte die Gitarre mit ihrer hüftenartigen Einbuchtung auf dem linken Oberschenkel ab und hielt sie mit der Hand fest. Mit der rechten Hand lenkte ich das Fahrrad. Das Herumfahren mit der Gitarre war eine einzige zusammenhängende Erkundigung, die nur mir selber galt. Wie jeder, der sein Inneres beobachtet, spürte ich bald, daß aus der Beobachtung eine Betreuung wurde, die einzige Art von Seelsorge, die wir als solche hinnehmen können, weil sie von uns selber kommt. Wenn der Schmerz darüber, daß ich Probleme zu lösen hatte, zu groß wurde, begann ich auf dem Fahrrad zu singen. Ich sang gegen die Mauern der Häuser, gegen die Fassaden von Kaufhäusern und Schulen, ich sang in Unterführungen und auf Brücken, in Hinterhöfen und Garagen. Es war für niemanden zu erkennen, daß ich mich an den Gedanken eines mehrfachen Abschieds gewöhnte. Ich hütete diesen Gedanken wie ein Geheimnis. Ein einziges Mal hatte ich zu Hause erzählt, daß es mir Vergnügen machte, auf den Bahnhof zu gehen und abfahrenden Zügen nachzuschauen, und ich habe diese Mitteilung wenig später bereut. Noch am gleichen Tag behaupteten Mutter und eine Tante, daß ich gerne Lokführer werden wolle, wie alle Jungen. Ich wußte, daß ich nicht Lokführer werden wollte, ohne mich schon sicher genug zu fühlen, den fixen Behauptungen über mich zu widersprechen. Ich liebte nur die kleiner werdenden Eisenbahnen und den hellen Rauch, der sich mit großer Langsamkeit am Himmel auflöste, weil diese Züge das erste faßbare Symbol für meine Sehnsucht nach dem Verschwinden waren. Das war aber nur zu fühlen und noch nicht zu sagen.

Unter den vielen Pennern, Obdachlosen und Alkoholikern, die jeden Tag auf der Zeil herumstehen, ist einer, der mich an Vater erinnert. Es besteht nicht die geringste äußerliche Ähnlichkeit, und doch gibt es zwischen ihm und Vater eine Art von innerem Gleichklang. Der Mann ist ungefähr sechzig und von fülliger Gestalt. Er steht am Rande einer Gruppe von leicht torkelnden, verschmutzten und künstlich vergnügten Männern, ohne ihnen richtig anzugehören. Er steht nur bei ihnen, hört ihnen zu und schaut sie an. Vielleicht hat er noch eine Chance, sich vor dem endgültigen Absturz zu retten, und hält sich deshalb ein wenig abseits. Sein Mantel ist noch nicht so heruntergekommen wie die Kleidung der anderen. Er müßte an den Ärmeln ein wenig genäht und ordentlich gereinigt und fassoniert werden; dann wäre das Stück fast wieder heil. Eindeutig beschädigt ist nur seine Hose. Die Hosenbeine sind zu lang, sie schleifen auf dem Boden; deswegen sind sie hinten ausgefranst und stark verschmutzt. Sehr mitgenommen, aber nicht beschädigt ist sein Hemd. Zuweilen macht der Mann den Versuch, den anderen Männern etwas zu sagen. Aber seine Stimme ist zu schwach und dringt nicht durch. Besonders gegen drei der Penner, die sich nur noch dröhnend unterhalten können, kommt er nicht an. An den kurzen, hilflosen Armbewegungen, die er anstatt einer Mitteilung ausführt, erkenne ich die Verlegenheit von jemandem, der mit seiner Schwäche schon lange vertraut ist. Aber es ist nicht diese Kraftlosigkeit, die ihn Vater ähnlich macht. Es muß etwas anderes geben, das den Anklang hervorbringt. Es ist auch nicht die offenkundige Melancholie, mit der der Mann alles betrachtet, was um ihn herum geschieht. Jetzt löst er sich von der Gruppe und wendet sich einer Plastiktüte zu, die ein wenig abseits gegen einen Papierkorb gestellt ist. Er greift in die Tüte und holt eine geöffnete Flasche Bier daraus hervor. Der Mann bleibt bei seiner Plastiktüte stehen, und im Augenblick, als er der Gruppe den Rücken zuwendet und sich die Flasche an den Mund hebt, weiß ich, was er mit Vater gemeinsam hat. Es ist die Scham. Es fällt mir eine Szene ein, die mit der eben beobachteten fast identisch ist. In den frühen fünfziger Jahren, als mein Bruder und ich noch klein waren, machten unsere Eltern mit uns kleinere Sonntagsausflüge in den Stadtwald oder an das Rheinufer. Ein oder zwei Stunden lang waren wir eine harmonisch zusammengefügte Familie. Mutter machte manchmal ein Foto, Vater fütterte Enten. Mein Bruder und ich trugen unsere steife Sonntagskleidung und spürten darin schon den Anfang der Erstarrung, in der es unsere Eltern später so weit brachten. Der Augenblick des Skandals näherte sich, als wir Hunger empfanden. Einen Besuch der Familie in einem Restaurant konnten sich die Eltern nicht leisten. Deswegen setzten wir uns gemeinsam auf eine Bank. Mutter öffnete ihre große

Handtasche und packte die belegten Brote aus, die sie für diese Stunde zu Hause gerichtet hatte. Jeder erhielt ein mit Wurst oder Käse belegtes Brot und packte es aus. Als Vater das Einwickelpapier von seinem Brot entfernt hatte, erhob er sich von der Bank und entfernte sich von uns. Ich sah ihm dabei zu, wie er sich etwa fünfzehn oder zwanzig Meter weiter an einen Baum lehnte und allein sein Brot aß. Mutter war erregt und empört. Sie war sofort davon überzeugt, daß sich Vaters Verhalten gegen sie und die Kinder richtete. Sie konnte nicht erkennen, daß sich Vater schämte und daß die Scham gegen niemanden gerichtet war. Im Inneren der Scham verbirgt sich ein unnahbarer Persönlichkeitskern, der immer nur kaum entschlüsselbare Regungen hervorbringt: ein fortlaufendes Geschehen ohne Text. Das Beiseitestehen ist nichts weiter als eine Vorbedingung dafür, daß die Scham zu ihrem eigenen Ausdruck finden kann. Sie möchte sich den anderen keinesfalls zeigen und erleidet gerade dadurch, daß der sich Schämende sich von diesen entfernt, ihre unerhörte Veröffentlichung wie auch ihren nicht weniger unerhörten Höhepunkt. Beides hat der abseits stehende Penner gerade hinter sich gebracht. Mit sichtbarer Erleichterung versenkt er die Bierflasche in der Plastiktüte und kehrt zu seiner Gruppe zurück, ohne sich ihr ganz anzuschließen.

Eine früh geschlüpfte Wespe sitzt auf der Außenseite meines Zimmerfensters. Sie bewegt sich nicht, atmet aber heftig. Ist sie krank oder erregt oder nur angestrengt? Aus der Schublade des Küchenschranks hole ich meine kleine Lupe und betrachte den kleinen Körper des Tieres durch die Scheibe. Er ist schwarz, glänzend und flaumig. Eindrucksvoll bewegt sich das spitze Ende des Hinterleibs auf und ab. Erst nach einigen Minuten legt sich die Erregung des Tiers. Jetzt beginnt die Wespe, sich zu putzen. Immer wieder fährt sie sich mit den Vorderbeinen über den Kopf; er wird dabei so stark zur Seite gedreht, daß ich fürchten muß, er werde beim nächstenmal abreißen und auf die Straße hinunterfallen. Aber der Kopf reißt nicht ab, er springt immer wieder in die alte Position zurück. Anscheinend hat das Tier nichts dagegen, daß ich es betrachte. Leider klingelt gerade jetzt mein Telefon. Ich falte die Wolldecke, die auf dem Sofa liegt, zu einem klumpigen Gebilde zusammen und werfe es über das Telefon. Sofort verstummt das Klingeln zu einem nur noch schwer hörbaren Brummen, das mir gut gefällt. Es ist, als hätte ich ein kleines Tier in der Wohnung, das zu seinem Vergnügen unter die Decke geschlüpft ist und dort knurrige Geräusche von sich gibt, von denen das Tier weiß, daß sie mir gefallen. Nein, so ist es nicht, ich habe mir nur schnell eine kleine Geschichte zurechtgelegt, damit ich dem dummen Klingeln etwas abgewinnen kann. Leider kann ich meine Aufmerksamkeit nicht mehr ungeteilt der Wespe zuwenden. Ich greife unter die Wolldecke und nehme den Hörer ab. Es ist Theo! Ich frage ihn, ob Wespen gelbe Beine und schwarze Fühler oder schwarze Beine und gelbe Fühler haben. Theo weiß es nicht! Er bittet mich, in einem bestimmten Buch, von dem er weiß, daß ich es besitze, einen bestimmten Satz sofort zu lesen. Das ist ein altes Telefonspiel zwischen uns, das wir früher oft gespielt haben und das in den letzten Monaten leider ein wenig in Vergessenheit geraten ist. Schlage von Beckett die TEXTE UM NICHTS auf, sagt Theo. Ich gehorche und hole das Buch. Jetzt suche die Seite 82, sagt Theo, als ich zum Telefon zurückgekehrt bin. Augenblick, sage ich, lege den Hörer beiseite und öffne das Buch. Hast du die Seite 82? fragt Theo. Gleich, antworte ich. Jetzt lies oben den ersten Satz auf der Seite, sagt Theo. Ich habe die Seite 82 aufgeschlagen und lese den ersten Satz in das Telefon hinein: Rund herum bot sich das vertraute Bild von Größe und Trostlosigkeit. Theo lacht. Ist das nicht der wunderbarste Satz des Tages? fragt er. Du hast recht, antworte ich. Liest du ihn noch einmal? Ich wiederhole: Rund herum bot sich das vertraute Bild von Größe und Trostlosigkeit. Theo lacht erneut, und ich freue mich. Kannst du mir sagen, warum der Satz so großartig ist? fragt er. So schnell nicht, antworte ich, ich müßte nachdenken. Ich sitze schon seit einer halben Stunde in meinem Zimmer und überlege, sagt Theo. Wir können uns treffen und es gemeinsam herausfinden, schlage ich vor. Gut, sagt er, wo? In einem Café? Nein, lieber im Freien, sage ich, vielleicht am Uhrtürmchen? Von dort aus können wir die Berger Straße stadteinwärts gehen. Gut, ja, sagt Theo.

Eine knappe halbe Stunde später treffen wir uns am Uhrtürmchen und sprechen über Becketts Satz. Theo glaubt, daß es die harte und doch sanfte Gegenüberstellung ist, die die Wirkung des Satzes ausmacht, das *dichte* Beieinander von Größe und Trostlosigkeit. Ich stimme zu, weise aber noch auf einen anderen Punkt hin. Vorher bringe ich den Satz noch einmal in Erinnerung: Rund herum bot sich das vertraute Bild von Größe und Trostlosigkeit. Beckett drückt nicht nur aus, sage ich, daß Größe und Trostlosigkeit dicht beieinander sind, sondern er gibt außerdem zu verstehen, daß uns dieses Beieinander schon immer *vertraut* ist. Das, denke ich, ist das Wesentliche. Das Unerhörte ist gar nicht unerhört, sondern von Anfang an bekannt, verstehst du? frage ich. Ja, sagt Theo. Eigentlich müßten wir über das Unglaubliche erschrecken, aber wir zucken nur kurz mit den Schultern und denken: Ach, das schon wieder. Jetzt lachen Theo und ich selber darüber, daß uns die enge Verwobenheit von Größe und Trostlosigkeit nie ernstlich verwundert hat. Wann und wie haben wir erfahren, daß es immer so war? fragt Theo. Ich weiß es nicht, sage ich, vermutlich schon am ersten Tag unseres Lebens. Wir gehen langsam die Berger Straße hinunter, und es macht uns eine Weile Vergnügen, Beispiele für die Nähe von Größe und Trostlosigkeit zu finden. Theo sieht ein paar Angestellte, die auch außerhalb ihrer Büros nicht auf die Namensschildchen an ihren Anzügen verzichten können. Sind sie nicht trostlos? ruft Theo fast ein wenig zu laut aus. Absolut trostlos, antworte ich. Ich mache Theo auf die Großartigkeit eines Kindes aufmerksam, das rücksichtslos seine Müdigkeit zeigt. Und weil das Kind kurz darauf den Weg der Angestellten mit den Namensschildchen kreuzt, sagt Theo: Eben geht das Großartige am Trostlosen vorbei, und es ist wieder nicht erstaunlich.

Nach einer Weile des Schweigens spricht Theo davon, daß er seine Stelle als Logenschließer in der Oper verloren hat. Man hat festgestellt, daß nur sechs Logenschließer nötig sind, sagt er. Und weil wir zu siebt waren, mußte einer gehen, und das war ich. Warum gerade du? frage ich. Weil die sechs anderen schon wochenlang vorher unter sich ausgemacht hatten, sagt Theo, daß man auf mich am leichtesten verzichten kann; seit drei Monaten beziehe ich eine kleine Arbeitslosenunterstützung.

Wir sind am Ende der Berger Straße angelangt. Dicht vor uns erhebt sich der Lärm der inneren Stadt. Das Großartige ist jetzt weitgehend verschwunden, dafür rast, schiebt und rennt das Trostlose dicht an uns vorüber. Theo sagt, daß er wieder nach Hause will. Es ist zu spüren, daß ihn die Erwähnung seines Schicksals als Logenschließer bedrückt. Ich möchte ihn trösten, aber ich weiß nicht wie. Als Begründung dafür, daß er nach Hause will, sagt er: Ich möchte nicht zuviel auf einmal sprechen. Durch diesen Satz ist Paul selber für drei Sekunden großartig gewesen, aber ich glaube, er hat es nicht bemerkt. Wir verabschieden uns und versprechen, uns bald wieder anzurufen.

Wenig später stehe ich allein an der Konstabler Wache. Ringsum erheben sich Warenhäuser, Banken, Hotels und Ämter. Ich bleibe stehen und betrachte das Gewimmel der Menschen. Wieder möchte ich abstreiten, daß sie leben. Plötzlich habe ich Lust, den Mann wiederzusehen, der mich das erbarmende Aufschauen gelehrt hat. Es wird Mittag, und vielleicht geht er gerade wieder zu den Buden der Tombola. Ich gehe durch die Berliner Straße und bin in wenigen Minuten am Paulsplatz. Obwohl es heute nicht regnet, stehen die Holzverschläge der Tombola ähnlich leblos da. Ich bleibe stehen und schaue den Tauben zu. Von Tag zu Tag werden sie schwerer und träger. Eines Tages werden sie vielleicht nicht mehr fliegen wollen. Während ich warte, stelle ich mir die Schlagzeilen der Boulevardblätter zu diesem Ereignis vor: UNFASSBARE BEQUEMLICHKEIT! TAUBEN STELLEN DAS FLIEGEN EIN! Der Lotteriesprecher nennt den heutigen Tag das GLÜCKSFINALE. An einer der Buden ist die Scheibe eingeschlagen worden. Ein älterer Arbeiter, der an keine Gewinne mehr glaubt, kehrt die Scherben zusammen. Ein Junge schüttet einen halben Becher Cola in einen Papierkorb und schaut dann aus einiger Entfernung dabei zu, wie die Flüssigkeit aus dem Papierkorb herauströpfelt. Eine Türkin kommt vorüber und packt während des Gehens einen neu gekauften Briefkasten aus. Es ist ein billiger, hellgrau gestrichener Blechkasten mit einem schwarzen Plastikschlüssel. Die Frau steckt den Schlüssel in das Schloß und dreht ihn um. Als die Frau bemerkt, daß das Schloß funktioniert, verstaut sie den Briefkasten in ihrer großen Tasche und geht weiter. Obwohl es noch ein wenig kühl ist, wird an der Häuserzeile rechts vom Paulsplatz ein Eissalon eröffnet. Ein Eisverkäufer steht in einer wunderbar makellosen, weißen Kutte hinter seiner Theke und fährt mit einem Lappen über die silbrigen Metalldeckel von sechs Eisbehältern. Der Mann, auf den ich warte, kommt nicht vorbei. Vermutlich werde ich ihn nie wiedersehen. Schon tritt ein Junge an die offene Eistheke heran. Bevor er sagt, was er will, schaut er dem Eisverkäufer eine Weile bei der Reinigung der Metallkuppen zu. Ich betrachte das wartende Kind, weil ich seiner Geduld nahe sein will. Der Junge zögert noch immer. Die Kluft zwischen seiner langen

Wahl und der geringen Bedeutung ihres Ergebnisses macht den Mann hinter der Theke zum Glück nicht ungeduldig. Die Entscheidung für oder gegen ein Eisbällchen ist eine der wenigen, vielleicht sogar die einzige Gelegenheit, bei der ein Kind wählen darf. Mir kommt es so vor, als seien der Eisverkäufer, der Junge und ich eine kleine, unerkannte Gemeinschaft des Wohlwollens, die sich leider nach einer knappen halben Minute schon wieder auflöst; der Junge erhält sein Eis und trödelt weiter. Aus Dankbarkeit, daß es solche anonymen Gemeinschaften gibt und jeder an ihrer Bildung teilnehmen kann, kaufe ich mir selber ein Eis. Ich bleibe ein wenig seitlich des Eissalons stehen und betrachte die in großer Zahl vorüberflutenden Passanten. Trotz ihrer Eile spüre ich, daß sich viele von ihnen nach Unterbrechungen sehnen. Ich empfinde Glück über die vielen mich streifenden Blicke. Das Bedürfnis der Menschen nach etwas, das sie nicht angeben können, bestärkt mich darin, mein Gesicht schamlos und kindisch in die vorübergleitenden Blicke der anderen hineinzuhalten. Ich strenge mich an, den Passanten zu zeigen, daß ich ihr Bedürfnis kenne und es teile. Und leider weiß auch ich nicht, wie diese ewig fliehende und doch überall herumlungernde Sehnsucht zu stillen ist. Aus allem wird nur ein schönes Herumstehen und Umherblikken. Jetzt fällt mir das Eingeständnis leicht, daß ich mich an die Eltern erinnern möchte und daß ich mir zugleich arm vorkomme, weil ich keine *neuen* Erinnerungen mehr an sie habe.

Wenig später betrete ich eine Telefonzelle an der Berliner Straße und rufe meine Schwester in dem nahen M. an. Kaum habe ich meinen Namen genannt, ruft sie aus: An dich habe ich gerade gedacht! Ich sage, daß ich sie wiedersehen möchte. Sie freut sich und erzählt von ihrer Arbeit. Zwischendurch unterbricht sie ihre Schilderung mit kurzen Ausrufen der Freude und Überraschung. Willst du nicht schon morgen kommen? fragt sie. Ich sage ihr nicht, daß ich das Gefühl habe, mir sei der Vorrat an Erinnerungen an die Eltern ausgegangen und daß ich mir von ihr neue Einzelheiten verspreche. Morgen paßt es mir nicht, sage ich, Freitag nachmittag wäre besser. Du kannst kommen, wann du willst, sagt sie. Also dann am Freitag nachmittag gegen halb fünf, antworte ich, damit ich am Abend noch nach Frankfurt zurückfahren kann. Komm nur, ruft sie. Wir suchen nach einer Floskel für die Beendigung des Telefonats, aber wir finden keine und lachen statt dessen über die Plötzlichkeit unserer Verabredung.

Ich verlasse die Telefonzelle und sehe, daß der Mann aus dem Eissalon jetzt Plastikmöbel auf den Paulsplatz heraussträgt. Ich setze mich an einen Tisch und bestelle einen Kaffee. Links neben den Lotterie-Buden lassen sich ein paar große Krähen nieder. Ich schaue auf ein junges Paar, das am Rande des Platzes in einem geparkten Auto sitzt und aus Papiertüten Pommes frites ißt. Ein kleines Kind rennt einem weghüpfenden Vogel nach und ruft: Komm auf meinen Finger, komm! Der Mann bringt den Kaffee und kassiert gleich. Eine stadtbekannte Geistesgestörte kommt vorüber, schwenkt wie immer die Arme und spricht dazu laut. Ihr Reden ist alles in einem: Weltliebe, Weltverdruß, Weltbeschimpfung, Weltabschied. Manchmal unterbricht sie ihr Reden und winkt den Menschen wie aus weiter Ferne zu. Als sie an meinem Tisch vorbeigeht, hebe ich kurz den Arm und winke zurück. Ich spüre, daß der Mann hinter der Eistheke deswegen eine Spur von mir abrückt. Vermutlich fürchtet er, daß sich die heruntergekommene Frau zu mir an den Tisch setzen und dann seinen Cafébetrieb stören könnte. Er kann nicht erkennen, daß die Frau längst damit aufgehört hat, nach Annehmlichkeiten zu suchen. Unsere kleine anonyme Gemeinschaft des Wohlwollens, sofern sie je bestanden hat, bricht soeben auseinander. Wenn ich mich nicht täusche, wird der Eisverkäufer erst dann wieder ohne Sorge sein, wenn auch ich gegangen bin. Irritiert und ein wenig erschreckt schaut er zu mir herüber. Dabei ist die Verrückte kaum noch in Sichtweite. Nur ihr fernes Schimpfen ist noch zu hören. Aber sie hat alle Menschen in ihrer Nähe daran erinnert, daß nach der Todesfurcht die Angst vor dem Irrsinn uns alle verbindet, und das hätte sie nicht tun dürfen. Ich schaue der kleiner und kleiner werdenden Figur der Verrückten nach. Sie wird nie erfahren, warum es sie getroffen hat. Die Krankheit hat auch ihre Erinnerung an ihren Zustand *vor* der Erkrankung gelöscht. Ich weiß nicht, warum ich der Frau gewunken habe. Nein, das ist nicht wahr. Als sich unsere Blicke trafen, empfand ich das Glück, für ein paar Sekunden nichts wissen zu müssen. Jetzt sitze ich wieder da und bezahle mit meiner Scham den mir zugefallenen Anteil an der Unvollendbarkeit der Schöpfung. Wenigstens tröstet mich der Anblick meiner Jacke. Heute morgen erst habe ich sie zum Lüften auf den Balkon gehängt. Eine Stunde später sah ich zufällig aus dem Küchenfenster zum Balkon hinüber und erschrak über die Jacke. Dieses alte Ding ziehst du dir jeden Tag über! Jetzt bin ich wieder froh über ihren hinfälligen Zustand. Besonders der linke, ein wenig ausfransende Ärmel gefällt mir gut. Schon oft habe ich überlegt, ob ich die Säume umnähen lassen soll, aber ich glaube, ich habe doch mehr Gewinn von den zarten Ausfransungen. Denn in Wahrheit ist aus der alten Jacke längst ein Trick gegen die Überfälle des Todesgefühls geworden. Ich brauche nur auf die beschädigten Ärmel zu sehen, und schon habe ich die mich besänftigende Gewißheit: Diese Jacke wirst du auf jeden Fall überleben. Seit einer Weile sind die Krähen näher an meinen Tisch herangekommen. Sie machen vorsichtige Schritte, aber sie scheinen nichts zu suchen. Manchmal bleiben sie stehen und schauen zu mir her. Jetzt weiß ich, was mir an den Vögeln gefällt: Es fehlt ihnen jeglicher Ausdruck von Klage und Fremdheit. Verwittert und stolz blicken sie in die Gegend. Sobald sie sich bewegen, schimmern ihre schwarzen Federn rundum. Plötzlich habe ich das Gefühl, daß nicht nur ich sie, sondern daß auch sie mich beobachten. Ahnen sie etwas von der tiefen Eigentümlichkeit der Menschen, die die der Tiere weit übertrifft? Am liebsten möchte ich ein paar tierähnliche Laute ausstoßen, um den Krähen nicht allzusehr wie ein Mensch zu erscheinen. Aber ich traue mich nicht, solche Laute von mir zu geben, weil ich das Mißtrauen des Eisverkäufers nicht noch weiter anstacheln will. So erhebe ich mich nur und gehe weg. Nach fünfzehn Metern drehe ich mich nach den Krähen um. Sie blicken mir nach, als kennten sie mich schon länger.

Obwohl sie weder schwerbeschädigt noch krank war, hatte sich Mutter von einer mit ihr halbwegs befreundeten Ärztin einen Schwerbeschädigtenausweis ausstellen lassen. Mit diesem durfte sie im Umkreis von fünfzig Kilometern die öffentlichen Verkehrsmittel ohne Bezahlung benutzen. So fuhr sie gelegentlich nach Weinheim, eine Fahrt, die sie, hätte sie sie selbst bezahlen müssen, drei oder vier Mark gekostet hätte. Aber Mutter liebte die Idee, daß es immer etwas umsonst geben müsse. Diese Idee war die Verbindung zu ihrer Kindlichkeit, die sie bis ins hohe Alter nicht aufgab.

Wenn ich die Stille in unserer Wohnung nicht länger ertragen konnte, öffnete ich die Tür und horchte in das Treppenhaus. Leider war es im Treppenhaus genauso still wie in der Wohnung. Dennoch blieb ich an der geöffneten Tür stehen. Durch den Türspalt strich ein kühler Luftzug, in den ich gern mein Gesicht hielt. Aus der Tiefe der anderen Wohnungen drangen zuweilen unverständliche Wortfetzen zu mir hoch. Wir wohnten im dritten Stock. Die Leute neben uns, der Möbelhändler und seine Frau, waren den ganzen Tag nicht zu Hause, und über unserer Wohnung lag nur noch der Speicher. Wenn es länger still blieb, trat ich aus der Wohnung heraus und beugte mich über das Treppengeländer und spuckte bis auf den Boden des Kellers hinunter. Wenn die Spucke im Keller aufschlug, gab es ein kleines, sanftes, ein wenig platzendes Geräusch, von dem ich annahm, daß jeder es hören müßte. Ich war der Meinung, ich hätte damit alle Bewohner des Hauses auf meine kleine kindliche Einsamkeit aufmerksam gemacht. Es sollte ein Signal sein, dessen ich mich allerdings sofort schämte. Deswegen schloß ich kurz danach die Wohnungstür und horchte um so angestrengter hinter der Tür hervor. Aber es rührte sich nichts. Die Ruhe bestärkte meinen Verdacht, daß die anderen Menschen in zufriedenen, wahrscheinlich glücklichen Verhältnissen lebten und daß nur mich das Schicksal rätselhaft schweigenden Lebens getroffen hatte. Ich begann, darüber nachzusinnen, wie ich am besten auf die ungerechte Verteilung des Glücks aufmerksam machen konnte. Ich dachte mir starke Anklagen und umfassende Abrechnungen aus, die ich bei nächster Gelegenheit einer dann staunenden Menge vortragen wollte.

Auf der anderen Seite des Neckars, der Stadtseite, gab es den Luisenpark, den ich nachmittags zuweilen aufsuchte. Hier konnte ich umhergehen und mir ausmalen, wie es sein würde, wenn ich eines Tages die gesamte Stadt auf meine Einsamkeit hinwiese. Ich stellte mir riesige Zirkuszelte vor, die mit Menschen gefüllt wären, die mir zuhörten und mit erschrockener Bestürzung erführen, daß es unter ihnen einen einzelnen gäbe, der sich nicht aufgenommen fühlte, und daß sie, meine Zuhörer, an diesem Versäumnis schuld seien. In dieser, der ersten Stufe der Einsamkeit verharrte ich eine Zeit, die mir heute viel zu lange erscheint. Im Luisenpark gab es einen Fischteich, den Kutzerweiher, in dem viele Karpfen und Goldfische schwammen. Ich setzte mich an das Ufer des Weihers und sah auf das Wasser. Von

Zeit zu Zeit warf ich einen zu harten Brotbrocken in den Teich und beobachtete die Fische, wie sie mit dem Maul die Brotstücke oft über den ganzen Weiher schoben, ehe die Brotstücke endlich aufzuweichen begannen. Während dieser Unterhaltungen fiel mir auch die Einsamkeit *anderer* Menschen auf. Denn es liefen zuweilen eine einzelne junge Frau oder Männer mit ratlosen Gesichtern durch den Luisenpark, deren Verhaltensweisen den meinen ähnelten. Daraufhin nahm ich bald nicht mehr an, daß die Einsamkeit nur mich allein getroffen habe. Jetzt, in der zweiten Stufe, ging ich davon aus, daß eigentlich *alle* Menschen an Einsamkeit litten. Der Grund, warum sie sie nicht zeigten, vermutete ich in der Scham, die mit dem Eingeständnis eines Mangels einhergeht. Die Folge dieser perspektivischen Veränderung war, daß ich nicht mehr die Menschen anzuklagen gedachte, sondern die Verhältnisse, in denen sie zu leben gezwungen waren. Die Menschen selber, dachte ich, waren nur ahnungslose Opfer, die sich nicht trauten, ihre Verhältnisse zu ändern oder sich ihren Ordnungen zu entziehen. Wenn ich genug davon hatte, den Fischen nachzuschauen, lehnte ich den Oberkörper zurück in das Gras und stellte mir erneut riesige, mit Menschen gefüllte Zirkuszelte vor. Jetzt waren meine Zuhörer nicht mehr deswegen bestürzt, weil sie, wie in der ersten Stufe der Einsamkeit, von mir beschuldigt wurden. Sie waren begeistert und jubelten mir zu, weil sich endlich jemand gefunden hatte, der ihr tiefstes und geheimstes Leiden öffentlich aussprach. Obwohl ich in dieser zweiten Stufe schon hätte fühlen können, wie phantastisch und wunderbar Einsamkeit als Lebenszustand war, fand ich nicht den Mut, mir diese persönliche Wahrheit, in der ich faktisch schon lebte, auch einzugestehen. Ich sah in den Himmel und beobachtete die Schwalben, die Insekten nachjagten und dabei ihr Sirr sirr sirr ausstießen, das bis zu mir herunterdrang und mich beruhigte. Ich hätte bemerken können, daß wir erst Glück mit uns selber haben müssen, ehe wir Glück mit anderen haben können. Ich sah so lange in den Himmel, bis ich den Taumel, in dem sich die Schwalben befanden, in mir selber fühlte. Solange ich hier am Ufer lag, mußte ich nicht an die Eltern denken, ja, ich konnte sogar vergessen, daß es überhaupt Eltern gab und jeder Mensch welche hatte. Meist schien die Sonne auf den Teich und machte seine Oberfläche silbrig und brackig. Ich schob meinen Körper so tief an das Ufer herunter, daß mein Blick flach über den Wasserspiegel glitt. Meine Augen waren fast in Höhe der Augen der Fische, von denen manche über den Wasserspiegel hinaussprangen, um auch einmal von oben an die Brotstücke heranzukommen. Dabei schmatzten sie laut und unbekümmert. Ich überlegte, was der Grund dafür sein könnte, daß schmatzende Menschen unangenehm sind, schmatzende Tiere hingegen nicht, im Gegenteil, bei Tieren empfinden wir diese Geräusche als spaßige und selbstzufriedene Äußerungen ihres Lebens, denen man als Mensch nur beipflichten kann.

Ich fand den Grund des Widerspruchs nicht; und ich bemerkte auch nicht, daß mich die Auseinandersetzung mit solchen Problemen allmählich in ein anderes Leben hineinführte, in dem es normal ist, sich mit haltlosen Fragen zu beschäftigen, in das Leben eines Künstlers. In Wahrheit wechselte ich von der zweiten in die dritte Stufe der Einsamkeit hinüber; diese Stufe ist von der unerhörten Entdeckung gekennzeichnet, daß einsame Menschen gar keine Veränderung der einsam machenden Verhältnisse wünschen. Diese Überraschung machte die dritte Stufe zur hilflosesten und längsten überhaupt. Lang war sie, weil ich ihre Wahrheit noch immer nicht hinnehmen wollte. Denn jetzt, in der dritten Stufe, wußte ich nicht mehr, was der Grund von Einsamkeit war und wer oder was bekämpft werden mußte. Mal griff ich die Menschen an (immer still, in Gedanken), mal die Verhältnisse, in denen sie lebten, mal bestimmte Eigenschaften der Menschen, die ich für verursachend hielt (Faulheit, Unlust, Infantilismus), mal das Bildungswesen, aber nach jedem der nur gedachten Angriffe spürte ich, daß sie ihr Ziel, die *Erklärung* von Einsamkeit, nicht leisteten. Noch immer ging ich zum Kutzerweiher und schaute den Fischen und den Schwalben zu. Ich schleuderte die Brotbrokken nicht mehr weit in die Mitte des Teichs hinaus, sondern ließ sie dicht am Ufer, kaum eine Armlänge von mir entfernt, ins Wasser fallen. Und ich brachte nicht mehr altes, trockenes Graubrot mit, sondern weiches, frisches Weißbrot, und sah aus der Nähe dabei zu, mit welch einer verrückten Gier die Fische dieses leicht auseinanderbröckelnde Brot verschlangen. Und einmal, als vier Karpfen zugleich nach einem Kanten Weißbrot schnappten und ihn dabei, offenbar ohne es zu bemerken, dicht zu mir hertrieben, griff ich mit bösartiger Schnelligkeit in das Getümmel der sich gegenseitig wegdrückenden Fischleiber und hatte plötzlich einen Karpfen in der Hand. Mit weit aufgerissenen Augen sah der Fisch in den Himmel und schlug mit dem Schwanz gegen mein Handgelenk. Ich hielt den Fisch fest und starrte ihn an und dachte ein paarmal nacheinander: Ich kann mit der Hand Fische fangen! Was ist dagegen die Einsamkeit! Ich kann mit der Hand Fische fangen! Was ist dagegen die Einsamkeit!

Es war leicht zu sehen, daß der Karpfen um sein Leben bangte. Sein Maul schnappte immer schwächer, auch drückte ich aus Überraschung und Freude ein wenig zu fest seinen Leib. Wenig später warf ich das Tier in den Weiher zurück. Der Karpfen taumelte ein paar Sekunden, dann hatte er die Orientierung wieder gefunden und verschwand. Ich blieb am Ufer zurück und war plötzlich sicher, daß ich niemandem von diesem Erlebnis erzählen wollte. Ich sah auf das glitzernde Wasser und dachte: Der Fisch und ich wissen, was geschehen ist, das genügt. Auf dem Heimweg brachte ich den Fang des Fischs mit der Geschichte der Einsamkeit in Verbindung. Ich war nicht empört darüber, daß ich etwas für mich behalten wollte, im Gegenteil, ich spürte, daß es mir guttat, ein kleines Geheimnis zu haben. Die innere Zustimmung zu diesem Geheimnis wandelte sich allmählich in Zustimmung zu Einsamkeit überhaupt. Die letzten fünfzehn Jahre lebte ich immer wieder, kürzer oder länger, in dieser fünften Stufe, die ich ihrer Dauer wegen für die letzte hielt. Aber seit ein paar Monaten bereitet sich eine weitere Phase vor; ich scheue mich, die ihr zugehörige Erfahrung auszusprechen, denn noch immer *möchte* ich glauben, daß Einsamkeit etwas zu Vermeidendes sei. Aber dann sehe ich wieder und wieder (das ist die Erfahrung), daß das Weltgeschwätz längst in jedes Haus, in jedes Zimmer und an jeden Tisch vorgedrungen ist. Deswegen nähere ich mich immer mehr dem Gedanken, daß inmitten des dröhnenden Einerleis die persönliche Einsamkeit vielleicht die einzige Möglichkeit ist, unserer selbst wieder inne zu werden. Qualitativ wertvolle Einsamkeit ist nur die absichtsvoll herbeigeführte. Kaum habe ich diese Sätze hingeschrieben, spüre ich auch schon ihre Ungeheuerlichkeit. Nicht weit von mir sitzen sieben Personen an einem Tisch. Sie sprechen über Kleidung und Kochrezepte, über das Wetter und den letzten Urlaub, über Vorgärten und Haustiere, über Autos und Sportvereine, über Restaurants und Ski-Ausrüstungen, über Fotoapparate und Lederbekleidung, über Filme und Kinder, über Krankenkassen und Autobahnen, über Kosmetika und Eigentumswohnungen. Es ist zu sehen, daß sie sich untereinander gut kennen. Sie fassen sich gegenseitig an den Armen, wenn sie sich persönlich ansprechen wollen, sie fallen sich lachend ins Wort und überschreien sich auch kurz, wenn es sein muß. Das heißt, unter den sieben Personen befindet sich eine Frau, die selber kaum spricht und offenkundig ein wenig Mühe hat, das Geplapper um sie herum Satz für Satz zu verfolgen. Trotz ihrer schwachen Position bleibt die Frau guter Dinge. Immer wieder schließt sie den Mund und schaut den anderen ins Gesicht. In ihrem eigenen Gesicht sammeln sich oft Augenblicke großartiger Leere. Ich hoffe, daß sie in der Verdutztheit der Langeweile, in der sie sich befindet, den Beginn ihrer Einzigartigkeit und Unteilbarkeit entdeckt. Seit etwa einer halben Stunde schaut sie dann und wann zu mir herüber. Ich könnte aufstehen, zu ihr hinübergehen und ihr sagen, daß sie in ihrem sonderbaren Zurückbleiben ein bedeutsames Zeichen sehen soll. Aber ich bleibe ruhig und hoffe vage, daß der Frau das Wunder

der Selbstwahrnehmung zustoßen möge. Wieder lenkt sie ihren Blick zu mir. Ich schaue sie an und bewege die Lippen genauso leer und hoffnungslos wie sie, ich will sie auf das Kostbare ihrer Vergeblichkeit hinweisen und verhalte mich wie ein stummer Fisch, der sich nach *seinem* Schweigen sehnt, ich spitze die Lippen und spreche ein paar tonlose Worte und übertreibe dabei ein wenig, zugegeben. Die ganz in ihre Zerstreuungen verirrten Bekannten am Tisch bemerken nicht, daß sich die Frau von ihnen entfernt. Jetzt steht sie auf, nimmt ihre Handtasche und verabschiedet sich. Es ist, als hätte sie sich die Einsamkeitserlaubnis erteilt. Ihre Bekannten rufen ihr zwei oder drei undeutliche Sätze nach; aber weil schon die Anwesenheit der Frau nicht wichtig war, fällt auch ihre Verabschiedung wie *nebenbei* und *ungefähr* aus.

Wahrscheinlich ist Mutters Einfalt aus früh erfahrener Armut hervorgegangen. Später, als Mutter nicht mehr arm war, hätte sie auch die Einfalt aufgeben können. Nein; dafür war es zu spät: Die Einfalt hatte aus Mutter längst eine geschlossene Person gemacht.

Die Biografie macht immer zwei Personen aus uns: einen einzelnen Bestimmten und einen einzelnen Irgendjemand.

Auf dem Pflaster, ziemlich genau in der Mitte zwischen zwei Straßenbahnschienen, liegt eine Plastikgabel. Sauber und unversehrt hebt sie sich ab von den dunklen und ein wenig feuchten Steinen. Ich bleibe stehen und spüre das Bedürfnis, die weiße Plastikgabel aufzuheben und in eine Schublade zu legen. Doch dann fällt mir wieder ein: Die Gabel ist ja nur aus Plastik! Und außerdem liegt sie auf der Straße! Ist nicht alles, was aus Plastik ist und auf dem Boden liegt, automatisch zu Abfall geworden? Weil ich die Gabel nicht retten kann, schaue ich sie an. Sie hat vier Zinken und einen kurzen Griff, es könnte eine Kindergabel sein, wenn es noch Kindergabeln gäbe. Nach einer Weile fällt mir auf, daß die hier vorübergehenden Fußgänger darauf achten, die Gabel nicht zu zerstören. Man kann nicht sagen, daß sie der Gabel aus dem Weg gehen; aber sie lenken ihre Schritte doch so, daß sie nicht auf sie treten. Zu gerne möchte ich den einen oder anderen Passanten anhalten und fragen, ob es Zufall ist oder, wie ich glaube, ob es in ihnen ein schützendes Verhalten gibt, das sie die Gabel schonen läßt. Ein jüngerer Mann mit Nasenbluten ist praktisch der einzige, der die Gabel nicht beachtet. Oder doch? Der Mann hält sich ein Taschentuch gegen die Nase und schaut nur auf die Blutflecke in seinem Taschentuch. Er geht dicht an der Plastikgabel vorbei und verfehlt sie, denke ich, nur aus Zufall. Ich glaube, mein Herz schlug ein wenig schneller, weil ich ein paar Augenblicke lang befürchtet hatte, daß es in wenigen Sekunden ein knackendes Geräusch geben wird. Aber dann ist die Zerstörung der Gabel doch ausgeblieben. Ich schaue dem Mann mit dem Nasenbluten ein wenig nach und sehe, daß aus derselben Richtung mein Freund Theo auf mich zukommt. Zum erstenmal, seit ich ihn kenne, gefällt er mir nicht. Im Augenblick, als er mich sieht, zögert sein Schritt ein wenig. Ich habe das Gefühl, daß Theo niemandem begegnen möchte, auch mir nicht. Aber was soll ich tun? Ich habe schon zu verstehen gegeben, daß ich ihn erkannt habe. Was mir an ihm nicht gefällt, sind die beiden Plastiktüten, die er links und rechts trägt. Sie sind zerknittert und zerstoßen; ihre Farbbeschichtung ist zum Teil abgefallen. Offenkundig läuft Theo mit diesen Tüten nicht erst seit heute herum. Und jetzt sehe ich, daß es nicht nur zwei, sondern mehrere, ineinandergeschobene Plastiktüten sind. Der Anblick beunruhigt mich; derartig ineinander eingelassene Plastiktüten sind kein gutes Zeichen. Sofort will ich Theo fragen, wie es ihm geht, aber dann traue ich mich nicht. Theo hat, seit er die Stelle als Logenschließer verloren hat, keine neue Arbeit mehr gefunden. Oder er hat, was auch gut möglich ist, aus Trotz keine neue Arbeit mehr angenommen.

Wir sagen uns guten Tag, wie wir uns immer guten Tag sagen. Ich bin froh, daß uns die Begrüßung gelungen ist. Theo sagt, daß die Luft heute so weich ist und das Licht so sanft. Das ist wahr! Wie kommt es nur, daß mich an manchen Tagen ein anderer Mensch auf das aufmerksam machen muß, was mir selber gefällt? Ich weise Theo auf die Plastikgabel hin, die immer noch unbeschädigt zwischen den Straßenbahnschienen liegt. Theo stellt seine Tüten auf dem Boden ab und konzentriert seinen Blick auf die Gabel. Die ganze Zeit, sage ich, spüre ich das Bedürfnis, die Gabel retten zu wollen. Theo lacht. Es gelingt mir, flüchtig in seine Tüten zu schauen. Und ich sehe, was er mit sich herumträgt: Bücher, zwei Mützen, ein Paar Handschuhe, einen Kanten Brot, seine Mundharmonika, einen Wollschal, Zeitungen, ein Glas mit unbestimmbarem Inhalt. Die Zusammenstellung löst in mir Angst aus. Ich wage nicht, Theo zu fragen, ob er sein Zimmer noch hat. Seine Hose macht einen mitgenommenen Eindruck, seine Schuhe ebenfalls. Ich kann nicht entscheiden, ob sich Theo in der Gefahr des Abgleitens befindet oder ob er schon abgeglitten ist. Mit Sicherheit leidet er Mangel. Aber er ist guter Dinge; jedenfalls tut er so.

Wo willst du die Gabel hinlegen? fragt er. Das ist es ja! rufe ich aus; außer in einer Schublade kann man eine Gabel nirgendwo ordentlich aufbewahren. Du wirst die Gabel nicht retten können, sagt Theo. Fällt dir auch auf, daß die Passanten die Gabel schonen? frage ich; ist das nicht außerordentlich?

Eine Weile stehen wir schweigend und fast reglos da. Theo studiert das Verhalten der vorübergehenden Menschen. Ich begreife, daß die Plastiktüten ein Kampfzeichen sind. Theo befindet sich in einem Krieg. Männer, die in früheren Kriegen kämpften, trugen zum Zeichen dessen, was mit ihnen geschehen war, Verbände an ihren Köpfen und Armen. Sie haben immerhin gewußt, gegen wen sie kämpften und warum sie verletzt worden waren. Aber wer wie Theo in einem heutigen Krieg kämpft, trägt keinen Verband, sondern ein paar schmutzige, ineinandergeschobene Plastiktüten. Die heute Kämpfenden wissen nicht recht, wer oder was sie angreift und gegen wen oder was sie sich wehren müssen. Sie wissen nicht einmal genau, wann und warum ihnen der Krieg erklärt wurde. Sie gehen nur immer wieder auf ein sonderbar ruhiges Schlachtfeld, von dem sie jeden Tag ein wenig elender zurückkehren.

Du hast recht, sagt Theo, die Leute tun so, als würde die Gabel vielleicht noch von jemandem gebraucht werden. Deswegen müssen wir sie irgendwohin legen, sage ich, wo sie auch morgen noch unbeschädigt ist. Aber wohin? Wir schauen uns um. Vielleicht auf die obere Kante eines Zigarettenautomaten? Oder auf einen Mauervorsprung? Zu Hause bei mir liegt eine guterhaltene Hose herum, außerdem ein Paar fast neuer Schuhe und eine Jacke, die ich nicht mehr brauche. Ich will, daß Theo mit in meine Wohnung kommt. Dann möchte ich ihm die Sachen schenken, allerdings so, daß er sich nicht beschämt vorkommt. Es wäre vorteilhaft, wenn Theo die Sachen in meiner Wohnung einfach so entdeckt, so ähnlich, wie ich die Gabel entdeckt habe. Dann werde ich sagen, daß ich die Hose, die Jacke und die Schuhe nicht mehr benötige und daß ich die Stücke wahrscheinlich wegwerfen werde, früher oder später. Dann soll Theo auf die Idee kommen, daß die Sachen gerettet werden müssen. Das ist mein Plan.

Sollen wir nicht eine Tasse Kaffee trinken gehen? frage ich. Und die Gabel? fragt Theo zurück. Du hast recht, sage ich, wir können nichts für sie tun. Schon ist die Gabel vergessen. Wir schauen uns nach einem Café um. Ich schaue auch, allerdings nur zum Schein. Der Vorschlag, Kaffee zu trinken, ist schon Teil meines Plans. In der Friedberger Landstraße gibt es ein Café, sage ich, aber es ist klein und häßlich und fast immer überfüllt. Theo schweigt. Wir können auch bei mir zu Hause Kaffee trinken, sage ich, dort haben wir Platz und es kostet nichts.

Theo willigt ein. Ich bin froh. Theo bückt sich und nimmt seine Tüten an sich. Ich wundere mich, daß er die verräterische Zeichenhaftigkeit von alten Plastiktüten so leicht hinnimmt. Das kann nur heißen, daß Theo einen hohen Grad von Gleichgültigkeit erreicht hat, und das kann nur heißen, daß er mit seinem Niedergang vielleicht schon einverstanden ist. Es ist nicht weit bis zu meiner Wohnung. Ich warte darauf, daß Theo etwas erzählt. Wenn ich ihn sprechen höre, kommt er mir sofort vertraut vor, und ich kann den Anblick der Tüten vergessen. Vor uns geht ein Kind, das einen langen, toten Ast hinter sich herzieht. Das schöne Geräusch der auf dem Gehweg schleifenden Blätter nimmt uns auf angenehme Weise in Anspruch. Leider überholen wir das Kind viel zu rasch. Weil ich nicht weiß, was ich erzählen soll, mache ich Theo auf die Eigenart alter Leute aufmerksam, sofort stehenzubleiben, wenn sie vor eine Tür getreten sind. Mir gefällt das Straucheln, sagt Theo, das in viele Alte hineinfährt, wenn sie eine Rolltreppe betreten wollen. Nach diesen Bemerkungen fällt wieder Schweigen zwischen uns. Es sind nur noch ein paar Schritte, dann sind wir bei mir. Schon weiß ich nicht mehr, ob es eine gute Idee war, Theo zu mir einzuladen. Ich habe ein wenig den Eindruck, daß Theo sich jetzt schon preisgegeben vorkommt; aber ich kann mich auch täuschen. In der Wohnung stelle ich Wasser für eine Kanne Kaffee auf. Aus dem Schrank hole ich zwei Tassen, zwei kleine Teller und zwei Löffel. Theo hat seine Plastiktüten im Flur abgestellt. Ihr Anblick flößt mir auch jetzt noch Unruhe ein, obwohl ich geglaubt hatte, daß sich meine Beklemmungen legen, wenn Theo erst einmal bei mir in der Wohnung ist. In den Bäumen im Hinterhof sitzen zwei Elstern und tscheckern. Theo war schon oft in meiner Wohnung. Deswegen ist es nicht ungewöhnlich, wenn er ein wenig in den beiden Zimmern herumsteht, während ich den Kaffee zubereite. Ich hoffe, Theo entdeckt die Jacke, die Hose und die Schuhe.

Wenig später erscheint Theo in der Küche und setzt sich an den Tisch. Ich schenke Kaffee ein. Draußen auf der Straße breitet sich Frühabendlicht aus. Die Sonne verspätet heute ein wenig ihren Untergang. Die Straßenlampen sind schon eingeschaltet, da schiebt sich die Sonne noch einmal hinter den Wolken hervor und betont mit ihrem schönen Licht die Künstlichkeit aller Lampen. Habe ich als Kind mehr Sehnsucht empfunden als heute? Ich weiß es nicht. Ich erhebe mich, gehe in das Zimmer nebenan, nehme die Hose und die Jacke, trage sie ein wenig umher und sage halb zu den Kleidern und halb zu Theo: Ich weiß nicht... irgendwie habe ich zu viele Kleider... ich muß ein paar Sachen loswerden... mein Kleiderschrank ist zu klein für das alles.

Ich hänge die Hose und die Jacke an die Garderobe, gehe noch einmal in das Zimmer, nehme die Theo zugedachten Schuhe in die Hände und stelle sie im Flur ab und sage: Ich weiß nicht, wie das gekommen ist, daß ich jetzt auch mehr Schuhe besitze, als ich brauche... ich hatte gedacht, dieses Problem werde ich nie haben... aber jetzt habe ich es doch.

Ich stelle die Schuhe im Flur ab, dicht neben Theos Plastiktüten, und kehre an den Küchentisch zurück. Theo hat ungefähr meine Statur, er weiß so gut wie ich, daß ihm meine Kleidung paßt. Früher, als wir jünger waren, haben wir tageweise die Jacken getauscht; aber das ist lange her.

Jetzt sagt Theo nichts. Er hebt mit einer langsamen Bewegung die Tasse an den Mund, trinkt vorsichtig, setzt die Tasse wieder ab und schaut aus dem Küchenfenster. Was zahlst du für deine Wohnung? fragt Theo. Siebenhundert ohne Heizung, antworte ich. Das ist heutzutage geschenkt, sagt er. Ja, antworte ich, obwohl die Gegend sehr laut ist und immer noch lauter wird.

Theo trinkt seine Tasse leer. Er erhebt sich, geht in die Toilette und wäscht sich die Hände. Auf dem Rückweg in die Küche bleibt er im Flur stehen und schaut kurz auf die Schuhe. Aber er nimmt sie nicht in die Hände und sagt nicht, daß er sie gebrauchen kann. Er sagt überhaupt nichts! Habe ich etwas falsch gemacht? Ich kann unmöglich noch einmal davon anfangen! Theo schaut auch die Jacke und die Hose an, die ich ungeschickt an die Garderobe gehängt habe. Dann kommt er in die Küche zurück und sagt auf altvertraute Art: Ich breche mal wieder auf! Vielen Dank für den Kaffee!

Schon steht Theo im Flur und nimmt die Tüten an sich. Ich habe das Gefühl, daß unsere Verabschiedung zu knapp ausfällt, aber es ist nur ein Gefühl. Am Fenster warte ich, bis Theo auf der Straße erscheint. Da kommt er schon. Ruhig zieht er in den Krieg.

Erst im Alter fand Mutter Gefallen am Lesen. Deswegen begann ich, ihr Bücher mitzubringen. Und weil ich wußte, daß sie so gut wie keine früheren Leseerfahrungen hatte, waren es anfangs einfachere Titel von Hermann Hesse, Stefan Zweig, Hans Fallada, die ich für sie aussuchte. Eines Tages erzählte ich ihr von Franz Kafka, wo er gewohnt hatte, was er gearbeitet hatte, was er geschrieben hatte. Sie wollte etwas von ihm lesen, und ich brachte ihr nicht ohne Bedenken den «Brief an den Vater» mit. Nach drei Wochen besuchte ich sie wieder und war gespannt. Mutter hatte Gefallen an Franz Kafkas Text gefunden. So, wie Herr Kafka das Leben beschreibt, ist es wirklich, sagte sie lachend. Das Lachen habe ich, vorschnell, als ein Zeichen ihres Vergnügens gewertet, das dazu führen werde, daß sie bald eine Buchhandlung aufsuchen und nach weiteren Büchern Kafkas fragen werde. Aber das geschah nicht. Sie las nichts mehr von Kafka. Sie lebte weiter, als hätte sie nie etwas von ihrem zustimmenden Vergnügen an Kafkas Texten erfahren. Ich hatte geglaubt, sie werde (wie ich) gegen den Originalschmerz des Lebens immer mehr den Kunstschmerz der Literatur zu Hilfe nehmen und eines Tages gar versuchen, den ersten gegen den zweiten auszutauschen – und damit scheitern. Statt dessen blieb sie ihrem eigenen, ursächlicheren Schmerz treu: ohne Experimente.

Ein paar Jahre später, als mein erster, jugendlicher Roman erschienen war und in der örtlichen Tageszeitung rezensiert wurde, fragte mich Vater, die Zeitung mit dem Artikel über mein Buch in der Hand haltend: Was hast du dafür bezahlt? Ich war ratlos und bestürzt; Vater glaubte tatsächlich, ich hätte die Redakteure der Zeitung bestochen, mein Buch zu besprechen. Ich setzte ihm auseinander, daß ich als mittelloser Zwanzigjähriger, der ich war, doch wohl nicht die Macht hatte, eine Zeitung zu korrumpieren. Ich erklärte ihm ausführlich, daß eine Zeitung es sich zur Aufgabe machen kann, ihren Lesern neu erschienene Bücher vorzustellen. Ich redete und redete, aber Vater glaubte mir nicht. Stumm und verbittert erkannte er in mir einen jener *Nichtstuer*, gegen die er immer vergeblich geschimpft hatte.

Rasch sprechen wir in der verständigen Art miteinander, wie sie zwischen Geschwistern leicht möglich ist. Die Leidenschaftlichkeit des Redens ist lächerlich und doch ganz und gar wahr. Ein zuweilen hervorbrechendes Lachen hilft uns, die Wiederkehr der alten Bilder besser auszuhalten. Ich bin früh in die Lehre gekommen, sagt Maria, ich habe mit vierzehn wie ein Erwachsener jede Woche fünfzig Stunden gearbeitet, auch samstags, und als ich abends nach Hause kam, fast gleichzeitig mit Vater, zwischen halb sieben und sieben Uhr, da waren die Schränke leer, der Kühlschrank ebenfalls, Mutter hatte nichts eingekauft. Deswegen mußte ich, obwohl ich hundemüde war und die Geschäfte schon geschlossen hatten, noch einmal den Mantel anziehen und durch den Hintereingang ein paar Sachen für das Abendbrot einkaufen. Und als ich zurückkehrte, stand Vater in der Küche und bügelte sich eine Hose. Später half ich ihm und bügelte ihm das Hemd für den nächsten Tag. Dann haben wir uns an den Tisch gesetzt und haben ein Stück Brot gegessen und eine Tasse Tee dazu getrunken. Aber du kannst nicht eine Tasse Tee trinken, wenn du aus dem Schlafzimmer die spitzen Schluchzer einer Frau hörst, die deine Mutter ist. Und du kannst später nicht deine Schuhe anziehen und noch einmal weggehen, wenn sich die Schluchzer der Frau in einen Heulton verwandelt haben. Hast du je herausfinden können, welche Probleme die Eltern hatten? frage ich. Ich glaube nicht, sagt Maria, daß sie besondere Einzelkonflikte gehabt haben. Sie hatten ein *einziges* Riesenproblem: ihre gemeinsame Unfähigkeit oder, besser gesagt, die Unfähigkeit, die dadurch entstand, daß sie ein Paar sein wollten. Wahrscheinlich wären sie, sagt Maria, ganz normale Leute gewesen, wenn jeder von ihnen allein gelebt hätte. Alles, was geschah, war nichts als eine Anspielung auf ihre unzureichenden Kräfte. Sie waren nicht in der Lage, auf dem Schwarzmarkt irgend etwas einzutauschen oder zu verkaufen. Andere Väter kamen mit einer Wurst oder einem Brot oder einem Päckchen Kaffee vom Schwarzmarkt zurück. Auch unser Vater ging los, aber er kam genau so zurück, wie er weggegangen war, mit leeren Händen. Ich begreife das heute noch nicht! ruft Maria aus. Es blieb ihnen nichts übrig, als mich zum Betteln loszuschicken. Mutter kannte eine Bäckersfrau, die in einem anderen Stadtteil einen Laden hatte. Sie gaben mir eine Tasche in die Hand und sagten, ich solle zu der Frau gehen. War mir das arg! Nach diesem Ausruf treten Maria Tränen in die Augen. Sie erhebt sich vom Tisch und geht in einen anderen Raum. Ich bleibe allein im Zimmer zurück und fange an, mit dem Nagel meines rechten Zeigefingers über die Tischdecke zu fahren; sie ist so fest gebügelt, daß die Fahrlinien des Nagels als Muster auf dem Stoff zurückbleiben. Nach zwei oder drei Minuten kehrt Maria zurück. Ich erscheine in der Tür der Bäckerei mit der leeren Tasche, sagt sie, die Bäckersfrau sieht mich an, ich überlege, ob ich etwas sagen soll oder nicht, aber ich brauche nichts zu sagen, man kennt mich hier schon, das ist wieder die Kleine, die ein Brot geschenkt haben will. Ich reiche meine Tasche über die Theke, die Bäkkersfrau packt mir sogar zwei Brote ein und gibt mir die Tasche zurück. Ich habe im Monat fünfzig Mark verdient, die ich zu Hause vollständig abliefern mußte. Ich konnte mir nicht einmal ein Paar Strümpfe kaufen. Einmal ging Vater zu meinem Chef und beschwerte sich. Aber mein Chef hat gewußt, wie es bei uns zu Hause zuging, und er hat Vater geantwortet: Wissen Sie, *wo* Ihre Tochter ausgebeutet wird? Hier nicht! Daraufhin hat Vater geschwiegen und ist gegangen. Mein Chef hat mir dann zwanzig Mark mehr im Monat gegeben, und er hat mir geraten, die Gehaltserhöhung zu Hause zu verschweigen, und das habe ich dann auch getan. Oder es kam Weihnachten und wir hatten keinen Christbaum. Andere Leute hatten ihren Tannenbaum seit Wochen auf dem Balkon stehen, wir hatten mal wieder nichts. Am Abend des Vierundzwanzigsten haben sie mich losgeschickt, einen Christbaum zu kaufen. Natürlich gab es keinen Baum mehr, beziehungsweise nur noch Edeltannen, die wir nicht bezahlen konnten. In einer halben Stunde wurde der Markt geschlossen, es war Heiliger Abend! Und ich wußte nicht, was ich tun sollte. Verstehst du, sagt Maria, so war das oft: Sie haben nicht nur das, wofür sie selber hätten sorgen müssen, an ihre Kinder weitergegeben; sie haben es auch noch in einer Form weitergegeben, die uns zwang, den Mißerfolg der Eltern zu wiederholen.

Hast du sie deswegen verachtet? frage ich. Maria hält inne und überlegt. Sie geht ein wenig im Zimmer umher und kommt an den Tisch zurück. Meistens war ich nur zornig, sagt Maria. Es war der furchtbare Kinderzorn, der einem wie ein Pfahl in der Brust sitzt und einen fast umbringt. Aber immer nur fast! Man lebt dann doch weiter als Kind, wenn auch mit dem Gefühl, daß es nur einen Tag dauern kann, dann wird der Pfahl die Brust durchbohrt haben.

Aber verachtet hast du sie nicht? frage ich. Doch, sagt Maria, ein- oder zweimal habe ich sie verachtet. Einmal sollte unsere Wohnung renoviert werden. Der Hausbesitzer bat unsere Eltern zu einer kleinen Besprechung, um die Einzelheiten zu klären. Der Termin kam näher, und als unsere Eltern verabredungsgemäß den zwei Stockwerke tiefer wohnenden Hausbesitzer besuchen sollten, trauten sie sich plötzlich nicht. Sie schauten auf die Uhr und blieben auf ihren Stühlen sitzen. Dann sagten sie zu mir: Geh du. Und ich ging. Ich war vierzehn und handelte mit dem Hausbesitzer die Renovierung der Wohnung aus. Natürlich verhandelte ich nicht. Ich saß da und nickte zu allem, was der Hausbesitzer sagte. Ich war so beschämt, daß ich nicht sprechen konnte. Auch der Hausbesitzer war beschämt, glaube ich. An diesem Tag ist unsere Unfähigkeit zum erstenmal nach außen gedrungen, sagt Maria, es war wie ein Verrat, der auch noch durch mich zustande gekommen ist! Kannst du dich an die Silvesterabende erinnern? Nein, das kannst du nicht, ihr wart damals noch viel zu klein, dein Bruder und du. An Silvester machte Mutter einen Topf Glühwein. Aber weil Vater und Mutter es nicht mehr fertigbrachten, zu gleicher Zeit in einem Raum zu sein, schaute Vater, während Mutter in der Küche den Glühwein zubereitete, im Wohnzimmer zum Fenster hinaus. Als der Glühwein fertig war, kam Vater in die Küche. Jetzt zog sich Mutter zurück, sie legte sich wie immer ins Bett. Danach saßen Vater und ich vier Stunden lang am Tisch und warteten auf Neujahr. Und als die Glocken schlugen und die Feuerwerkskörper knallten, tranken wir unser Glas Glühwein. Vorher nicht? frage ich. Nein, ruft Maria aus, keine Minute vorher! An diesem Punkt der Geschichte lachen Maria und ich gemeinsam los. Kannst du mir erklären, sagt Maria, warum wir heute über diese Geschichte lachen müssen? Ich verstehe es nicht! Ich verstehe es auch nicht, ich spüre nur, daß mein Lachen mich nicht richtig ausdrückt. Es ist, als schützte es eine wahrere Empfindung. Maria bittet mich, bis zum nächsten Tag zu bleiben, aber ich mache mich am Frühabend auf den Weg. Später, im Eilzug nach Frankfurt, betrachte ich Verkäuferinnen, Arbeiter und Jugendliche. Sie sind erschöpft und schlafen rasch ein. Ein paar der Männer und Frauen liegen mit gestreckten Körpern in ihren Abteilen und schnarchen. Ich schaue in ihre ruhigen Gesichter und frage mich, wie es möglich ist, daß der Schlaf die Menschen nicht nur einander ähnlich, sondern auch einander vertraut erscheinen läßt. Den meisten ist die ungeplante Vertrautheit hinterher nicht recht. Wenn der Eilzug plötzlich sein Tempo drosselt und mit störrischen Abbremsungen zum Stehen kommt, wachen manche von ihnen auf und sehen mit einer Erschrockenheit umher, die nicht zur Sanftheit ihrer Schlafgesichter paßt. Die Frauen ziehen ihren Schal über der Brust zusammen, die Männer drükken ihre Taschen ein wenig fester an den Leib. Obwohl sie bemerkt haben, daß ihnen Vertrautheit nicht schadet, schämen sie sich ihrer und wollen sie teilweise wieder rückgängig machen. In dieser Verwunderung, die ihre Gründe nicht bekannt gibt, sehen sie eine Weile umher.

Aus der Brönnerstraße kommt ein Paar, das ich schon oft gesehen habe. Es ist ein Blinder mit einer Frau, die ihn führt. Sie haben immer vieles miteinander zu besprechen, und sie fassen sich während des Gehens und Sprechens liebevoll an. An besonders guten Tagen spielen sie miteinander. Dann wechselt der Blindenstock zwischen ihnen hin und her, so daß nicht in jedem Augenblick klar ist, wer von beiden der oder die Blinde ist. Dann stippt die Frau mit dem Stock auf dem Gehweg und der Mann lacht dazu. Es ist, als wüßten die beiden, daß sie auch ohne die Blindheit des Mannes nicht fröhlicher sein könnten. Ich weiß, auch diese beiden sind nicht das ideale Paar; aber warum sehen sie fast jedesmal so aus?

Während dieses seufzenden und doch stillen Herumgeisterns, während dieses der Atemlosigkeit und den Tränen oft gleich nahen Umherschweifens begreife ich die Schmach der Eltern: der Lauf ihres Lebens verwehrte ihnen die Liebe zu ihrem Lebenslauf.

Es genügt, an einem hellen Tag plötzlich stehenzubleiben und die Augen zu schließen, wie ich es als Kind getan habe. Es ist eine Weile dunkel unter den Augendeckeln, aber dann hellt es sich auf. Ich sehe ein weites, nach oben hin gelbliches, nach unten hin rötliches Firmament. Es kann eine Wüste oder ein Himmel sein. Das Rot am unteren Rand verstärkt sich, sobald ich mit der Hand ein wenig in den Augen reibe. Es ist, als breite sich unter den Augendeckeln ein rötlicher Abendhimmel aus. Manchmal laufen kleine Lebewesen am Horizont vorüber. Ich kenne diese Lebewesen nicht, sie sehen aus wie eine Mischung aus Vögeln und Kindern. Ich betrachte sie gerne, sie tragen kleine Gegenstände bei sich und sprechen nicht. Normalerweise kommen sie aus den rechten Winkeln der Augen und verschwinden in den linken. Wenn der Spuk zu toll wird, genügt einfaches Öffnen der Augen. Dann ist die Welt wieder so, wie sie vorher war.

Wilhelm Genazino

Der Fleck, die Jacke, die Zimmer, der Schmerz

Roman

232 Seiten. Gebunden

Für diesen Roman erhielt Wilhelm Genazino 1990 den Bremer Literaturpreis.

Aus der Begründung der Jury:
«Die Vereinsamung und Vereinzelung von Menschen gewinnt in diesem Roman als ‹Theorie der Verborgenheit› eine neue Qualität. Der Schriftsteller W. und seine Freundin Gesa fahren von Frankfurt nach Wien, Paris, Amsterdam und zurück nach Frankfurt. Die Genauigkeit der Beobachtung zielt nie aufs Spektakuläre. Sie ist fähig zum Erbarmen, frei von Selbstmitleid. Diese Prosaminiaturen lösen sich auf in Segmente. Sie scheinen den Blick auf das Umfassende, Zusammenfassende zu verweigern und ermöglichen gerade dadurch genaues Sehen und Erkennen. Einer, der die ‹Ruinensprache› verläßt, hebt das Verlorene von Sprache, Kunst und Leben auf.»

Wilhelm Genazino

Fremde Kämpfe

Roman

256 Seiten. Gebunden und als rororo 12292

Abschaffel

Eine Trilogie

rororo 5542

Die Ausschweifung

Roman

rororo 5503

«Wilhelm Genazino ist ein Meister beim Registrieren der Verkleidungen und Verschiebungen, die in unserem Bewußtsein unablässig vor sich gehen. Seine Sprache oszilliert zwischen Erinnerung und Wünschen, zwischen alltäglicher Beobachtung und ihren Verdichtungen in tagtraumartigen, hyperrealistischen Zeitlupen. Bleibt zu fragen, warum Wilhelm Genazino bisher ein großer Unbekannter geblieben ist?»

Neue Züricher Zeitung